# 愛の毛布

## いのち灯すとき

篠山孝子 著

# まえがき

身体の成長に食物が必要なように、心の成長には「愛」が必要です。食物の飢えは誰でも気付きますが、愛の渇きを知ることはむずかしいです。愛の渇きは、まわりの人はもちろん、本人自身も気付かないことがまれではないのです。愛の飢えが原因となっている行動が他人の眼には愛に満たされた行動に映ったり、愛を失わせる行動になっている例は数多いです。

愛されるということについて、人間は平等にはつくられていないのではないかと思います。愛を与えられ、他人を信ずることのできる人は、ますます愛を受け取ることができます。しかし、愛を与えられず、他人を信じられない人は、今までわずかに与えられ続けた愛さえ失っていきます。このようなことから、私は次のように考えます。

他人を愛することのできる人間は、十分愛されたことのある人間です。無条件に愛されることが美しい心の目覚めになり、他人を愛する気持の芽生えになるのです。

愛されないで責められ、馬鹿にされ、軽べつされ続けてきた子供たちとの出会いがこの確信を私に持たせてくれました。愛されることの少なかった子供たちは、大人の冷たい視線の中で丸裸にされ、寒さにふるえていました。自分から愛を求める方法を彼らは知らなかったのです。愛される自分という自尊感情を失っていたのです。それでいて、愛されたいという欲求は、誰よりも強かったのです。

彼らのふるえを知った私は、愛の毛布をかけてやることにしました。ところが、彼らの多くは、毛布を誰よりも早くほしがっていたにもかかわらず、最初はそれを拒否しました。素直になりたいと願っていながら、素直な行動を心がさせなかったのです。愛の毛布を素直に受け取るようになるには時間をだいぶ必要としたように思います。

どんな人間にも、やさしさや温かさ、思いやりがいっぱいつまっています。それが自覚され他人と分かち合うことができるようになるためには、命に点火してくれる人、愛の毛布をかけてくれる人が必要なのです。このことについて、これから述べたいと思います。

# プロローグ

今、小中学生のほとんどは、自分の部屋を持っています。壁にはアイドル歌手のポスターがあり、本箱にはマンガ、机の上にはＣＤプレーヤーがのっています。衣類ではちきれそうになったタンス、何種類ものバッグ、食べかけの果物、子どもの部屋も、物がいっぱいにならんでいます。そして、そこにあるものは、全部子ども自身の所有物です。

現代は共働きもふえ、経済的ゆとりも生まれました。しかし、こんなにも豊かな生活をしている親達の顔に、ときどき暗い影が差すのは何故でしょう。はつらつとした笑顔のあとに、ふと寂しさいっぱいの表情を見せるのは何故なのでしょう。

子ども達のあいだで今、流行している言葉があります。「暗ーい。」という言葉です。何人もの子どもの部屋を訪れて気付くことは、さわやかな空気が外にあるのに、戸を閉めきって、そしてカーテンもしめて、生活している子どもがふえてきたことです。隣の人に見られても、少しぐらい寒くても、部屋の空気は、外の空気とつながっていた方がいいと思います。それは、自分の心が広がるから。しかし、今の子ども達は、心を閉ざし、誰からも見られない密室で、じっとしているのが好きなようです。

特に、今の中学生をよく観察して見ると、自分の人生をしっかりつかめないまま、苛立たしさやもどかしさが渦巻き、不安や不満がうごめいているような気がします。そり込みがはやればみなそり込み、ボンタンがはやれば、それをはき、変なつっ張りが、TV放映されればそのまね、自分自身なんてどこかにいってしまっています。

今、自分の大事なことは何か、どのように自己を確立し、他人と協調して生きて行けばよいかわからず孤独な魂がさまよっています。そのさまよっている魂を呼びもどすにはどうしたらよいか、望ましい親のあり方を追求してみました。

長年、多くの中学生に接してつくづく思うのは、真の教育とはやはり家庭の中と本人の自覚の中にあるのではないかということです。そして、いかに両親の想念（祈り）や、胎教教育、幼児教育が重要であるかということです。この時期を大切にした時、はじめて美しい花が開くのです。

発達障害の子育てに苦しんでいるお父さん、お母さん、わが子の非行と断絶に悩んでいるお父さん、お母さん、生きがいをなくして苦しんでいるお父さん、お母さん方を、少しでも勇気づけることができるなら、こんなにうれしい事はありません。

親も子どもとともに共通になるひらけゆく道を探ろうではありませんか。子どもにとって、青春の道とは、二度と通ることはない人生の中でも、最も尊い道にいるとすれば、親にとっても、再びこの道は、通ることはない人生の勝負のわかれ道なのです。

共々に手をたずさえて道行かばいつしか着きぬ彼岸の彼方へ

も・く・じ

まえがき　1

絵・阿見みどり

# 1

# くらやみの荒れる中で

## ・とまどい

東にそびえる筑波の山は、菜の花畑の彼方に薄く遠く霞み、麦畑からひばりのさえずりが聞こえる。二時間目のチャイムが鳴り出すと、一年六組の生徒達は、校庭の土手の芝生に腰を下ろし、すばやく山の姿、雲の流れ、そして緑なす田畑を画面にかきつけた。さわやかな春の風は遠慮なしに頬をなでて過ぎ去る。すると、後ろから、

「先生！　麦の色はグリーンとクリームイエローと茶色でいいですか？」と、中林弘之が声をかけた。私は、ふりむいて歩み寄り、

「グリーンの色を使う場合は、藍色にクリームイエローと茶色の三色をまぜると、深みのある色になりますよ。三色をミックスして見ようか。」と、画面に描きつけると、弘之は感嘆しながら、

「本当に深みのある色になりすばらしいですね。微妙な色彩を見わけるのが、なかなかむずかしくて…」

「たしかに、見ることだって、考えることと同じようにむずかしいものね。絵でも、音楽

でも、人の心を感動させるものは、それだけ心をかけて追求し、愛情を注いでみんな努力しているのよ。さあガンバッテ!!」と、言いながら立ちあがると、隣にいた久野春美が、

「先生！　筑波山は最初どう染めたらいいのですか？」と、質問してきた。

「下地を黄色で染めてから、自分の眼に映る色彩を重ねていきなさい。遠くの方は薄く、手前の方は濃くね。」

「はい、わかりました。それから、先生この間、絵も文学も同じだとおっしゃいましたけど、この景色を短歌に表現すると、どんなふうにまとめるんですか？」

「そうね……筑波の山は、常陸の山とも言うから、はるかなる常陸の山に霞立ち露照る畑の緑かがやく、こんな表現かな？」すると、

「先生！　村山君と天野君がツバをかけるんです。」と、遠くの方で女の子が叫んでいる。急いで走って行って注意すると、村山君が、

「特殊特殊って馬鹿にするからやったんだよ。」と言う。天野君も、

※特殊（現在の特別支援学級）

「おれの描いた絵を、みんなに見せて歩いたからやったんだよ。」

と言う。すると、小野里美は、苦笑いをしながら、悪気もなく、

「だって、丸かいてチョンなんて、太陽と鉄砲の変な絵ばかり描いているから、みんな面

白がってまわしたんです。」と、言う。私は生徒達の話を聞きながら、なんと思いやりがないのだろう……経済的豊かさに反比例して心が乏しく貧弱になってしまったんだろうか？　と思いつつ、

「どちらも悪いですね。みなさん、他人に語りかける時も、行動する時も、いつも自分の立場に立って行動して下さい。」と、忠告しながらもがく然とした思いがした。特殊は、美術・体育・理科、技家だけは、普通学級の生徒と共に授業を受けるのだけれど、いつも暗いカラに閉じこもって、みんなと打ちとける事の出来ない生徒達、ツバをはいたのも一つの反発だったのだろうか、だれにも相手にされず嫌われている三人の女の子達も、隅の方でひっそりとかたまって絵を描いている。なんとなく胸がしめつけられる思いがする。知識一辺倒の教育に走り、人間教育を軽んじている現在、特殊教育は徐々に重視されてきつつあるけれども、まだ、限られたごく一部の人や、一部の範囲にのみとどまり、学級教育全体からみて、この組織体制が確立しているとはいえない。生徒の真の幸福とは何かを追求しながら、ひとりひとりをよくみつめ、社会によりよく生きる人間としての必要性と可能性を求めて最適な指導を試みてみようと思った。私にできるかどうか不安はあるが、ひとりひとりをよくみつめ、理解し、個々に応じた適切な教育をほどこして行くことが必

要ではないだろうか？　きっと、数多くの未解決の問題がひそんでいるにちがいない。

校内暴力で学級閉鎖の高まる現在、この特殊教育の中に真の教育の原点が、ひそんでいるかもしれない。

今の生徒達の特徴は、我儘で忍耐力がないのに、目立ちたいという堅持力が強い。しかし、人の心の傷みなどわからない生徒が多い。やさしさや厳しさを、どう育てるか課題であるが、先生の方から、生徒に歩みより、相手を早く理解し、心をゆさぶり、ねばり強くやって見せて言って聞かせてやらせ、相手の気持ちを読むこと、そして役割の分担をよくとらえる等、しみじみと気づかされた。

### ・弱い者いじめ

私は、特殊学級の生徒は、ただ知能が低いだけだと思っていましたが、普通学級担任のときには、考えてもみなかったような、生活指導面の悩みが多かった。わがままで異常な性行や言動の多い生徒達は、強いひがみをもち、特に、劣等感が強く何事も不満を担任に向かって爆発させるので、一緒に生活していると、私のストレスは日を重ねる毎に蓄積されていくような気がした。

とくに、個人差の大きいこと、また、おしゃべりはできるが用件を正しく伝えることはできない、自分の発言はするが、他人の話は聞かない、聞いてもその内容を正しく理解できない、心の育ちおくれが目立ち、まったくくらやみの荒れる世界だった。

三時間目は子供達は親学級での授業なので、私は教室にて教材研究していると、小野里美と長沼みよが、トレーニングズボンをかきあげながら、「やだよ！　やだってばぁー」と、いいながら泣きじゃくってかけこんできた。

「どうしたの、どうかしたの？」と、言っても、声がふるえていて、何を言っているかわからない。しばらくしてから聞いて見ると、隣のクラスの女生徒七人が囲んで、パンツとズボンをいきなり下ろしたと言うので、早速、学年の写真アルバムを持って来て、「どの人がやったの」と、聞いて見ると、いつものつっぱり七人のグループだった。私は、担任にその事実を報告し、しらべていただいたが、「誰も、私のクラスの子はやらないそうです。」とのこと、

「そんなことないでしょう。二人ともやられたと言っているのですから、もう少し、よくしらべて下さい。」と、思わず言ってしまうと、担任の木下先生は、「刑事でもあるまい

し、それ以上しらべられません。」とのこと、私は、なんとなく納得ゆかず、もう少し事情を聞こうと教室へ行くと、七人のグループが出て来て、

「私達がやったと言うのかよ。あ、はっきり言えよ。」と、目前にてそれぞれば声をあびせている。わがクラスの生徒達は、ネコににらまれたネズミのように小さくなって、

「わかんない。」と、泣き出した。すると、また、グループ達は、

「先生も私達を疑っているでしょう……本人だってわかんないと言っているでしょう。」

と、ののしる。なんと、ふてぶてしい生徒達なのだろうと思いつつ、

「やらなければやらないで、それでいいのよ。しかし、もしやっていたら、ごめんなさいと一言あやまって欲しいのです。」

「でも、先生は、私達を疑って担任に話したんでしょう。」

「やられた本人が、あなた達にやられたと言うから、尋ねてもらったのです。友達同志でこんないたずらするなんて、とんでもないことです。自分がやられる立場にたって、よーく考えてごらんなさい。どんな気持ちがしますか？　心があるならば、魂があるならば、私にあやまれと言っているのではないのです。やった生徒に一言ごめんなさいと謝って欲しい、と言っているんです。」と、心から叫んで、ゆさぶっても、

「やっちゃいないのに謝る必要があるかよ。」

「そうだよ。」

「わかりもしないのに、私達をうたがってさ、頭にくるよな。」

「そうだよ。」と、言い捨てながら、みんな、チャイムの音と共に廊下に出て行った。私は、生徒をなだめながら、弱い子のあわれさをしみじみと感じた。

四時間の終りのチャイムがなり、職員室に戻ると、美術の牧野先生が、「七人のグループが、私達はやらないのに、篠山先生は疑っているんですと、泣いているんですから、彼女等ではないと思いますよ」と、深刻に言う。「そうでしょうか？　私は、実際にやっていなければ、あんなにわめかないと思うんですけど……。」と、話し合っている所へ、やられた小野里美が入って来て、

「先生、あの七人の中の一人が「ごめんね、ごめんね……。」とあやまりに来ました。」と、言いに来た。

「そう、魂の蒸発しなかった人が一人いたのね。」と、明るくうなずくと、牧野先生は驚いたように、

「まったく、今の生徒達はわからないね。あんなにやらないとわめいていたのに……」

と、ため息をこぼした。

私が、給食に行く為、二階の階段の所にくると、七人のグループが固まっていた。そして、私の顔を見ると、すぐに、

「先生は、やってもいないのに、私達をうたがってさ……。」

「そうだよ。まったく……」と、大声を出している。私は、心を鎮めながら、

「あなた達の中に、あやまった人が一人いたのよ。魂が蒸発しなかった人がいたのよ。先生とってもうれしかったわ。」と、言うと、

「言ったのは、おめか…」

「わたしはいわない。」

「あんたか。」

「わたしも言わない。」

「わたしも……。」

と、動揺しはじめた。いくらかつっぱったグループでも、少しは、人間としての良心が痛むようであった。

## ・おそい心の育ち

子どもは、家庭や学校、周囲の自然の事物や歴史的・社会的環境によって形成されるけれども、私が家庭訪問して知ったことは、子育てに無関心の家が多く、通常一歳位で歩きはじめるが、二歳になっても、ハイハイしている子が多かった。

昔は、生まれた時から、しっかり抱かれて顔を見ながら、声を聞きながらお乳と一緒に心も飲んで育ったように思う。ことわざにも「三つ児の魂百までも」と、あるように、この幼児期の遅れが災いをなしたのでは、と、私はしみじみと考えさせられた。

特殊学級の生徒のすべての親の願いがそうであるように、せめて「この子を人なみに近づけたい。」という念願は強い。そこで、この親の心を学級の教育実践のすべての出発点と私は考え、学級経営に当って、理想的人間像として、三点を設定した。

①仲よく助け合える生徒

この育成について、いつも考えてきたことは、ひとりのよろこびがみんなのよろこびに、ひとりの悲しみがみんなの悲しみになるような人情味のある助け合い、はげまし合いの学級を作りたいということであった。けれども、これは言うに易く行うには、非常に抵抗があった。特殊の生徒のように、自分だけ先生に認められたい。特別に目をかけてもらいたいという気持ちの強い生徒の集まりでは、だれかがほめられればひがみ、変な雰囲気をつくってしまう。このようなところでは、ほめて個人の自信をつけてやることは、大切なことだとわかっていても、ほめることも考えてやらなければならない。

②ぐっとがまんのできる生徒

この育成について考えてきたことは、一つの仕事が未完成でも、平気で仕事を放棄してしまう。そして何事も成しとげることが出来ずあき易いという特性をもつ生徒達だから、小さなことでもがまんができるように評価表を作って、根気強く指導しなければならない。

③日常の生活を処理できる生徒

この育成をするには、まず毎日のことばの練習が大切である。特に特殊学級の生徒は、あいさつ一つできないと評される。ことばの学習の出発は、あいさつから、そういうあいさつの効用と、その心の中を考えたい。登下校の際に交し合う「おはよう」「さようなら」のあいさつが、今日一日の明るさと、明日への希望に満ちた思いやりとなるであろう朝の挨拶から一日の出発ははじまる。そして、日直への実践を毎日練習し、身につけさせたい。

私は、特殊教育の指導の中で、一番必要なのが言語の訓練であると思う。生活経験を拡大し、その進化に応じて発展していくものであるという言語は、その原因となり、その結果となって、自らを発展させてゆく、終りのことばでなく、文からが出発であるから、実態に応じて、創意工夫しながら、指導していきたいと、思った。

そこで、心の成長は、いろいろなものとの感化によって向上するものと考え、最初、鉢植えの作業を通して植物に興味をもたせた。

・やだあ、めんどくさくて

給食実行委員の佐竹ふみが、

「みなさん！　給食の用意をしましょう」と、呼びかけても、天野茂夫と村山武夫はそしらぬ顔、田代浩は、いつものように白衣を着て牛乳箱を取りに行く。四人の女生徒もそれぞれ白衣を着て、分担の食器を取りに行く。

「さあ、村山君と天野君も、石けんで手を洗って配膳台を出して、用意しなさい。」と言うと、二人とも声を揃えて

「やだあ、めんどくさくて。」

「家でも、お手伝いはやらないの？」

「全部、母ちゃんがやってくれるよ。」

「そうか、今日は先生が用意するけれど、きめられた係分担の役割は進んでやるようにしないと進歩はないよ。」

「進歩なんかなくたってかまねも。」と、天野茂夫は平気な顔。

「そのうちやるよ」と、村山武夫もすました顔である。

「それでは、まず手を洗ってきなさい。」

「ウーン」

「ウーンじゃないでしょう。ハイでしょう。」

「ハーイ」と言いながら、廊下の手洗い場に、バタバタと上履きを音たてながら出て行く。するとまもなく

「先生！　村山君と天野君が、水をかけるんですよ。」と、廊下で女生徒のかん高い声が

する。手を洗いながら、隣の女生徒にしっぱねをかけたらしい。

「そんな悪いことをしてはいけません。」

「悪いことなどしていねえよ。ハンカチ忘れたので、水を切っていただけだよ。」

「手ふきがなかったら、先生の手拭いつもここに下げておくから、これを使いなさい。」

「ウーン、わかった。」ざわざわしているうちに、給食のもりつけは終っていた。佐竹ふみが、

「給食用意がおわりました。感謝のもくとうをいたしましょう。もくとうやめ、いただきます。」

「いただきます。」みんな一斉に食べはじめた。すると、また天野が、

「カレーはうんこにそっくりだな、べジャ、べジャ、スッートン。」といいながら食べていると、今度は、村山が調子にのって、

「本当に、ピリピリうんこみたいだな、天野君、みよの食べ方見て見ろ、トロトロのうんこ弁当一面になすって、人参拾い出しながら食べているよ。」と言うと、みよは泣き出しそうになりながら、

「カレーは、いつもこうしなくては食べられないんだもん」と叫んでいる。

「だまって食べなさい。」と、言っても静かに出来ない。すると、また天野茂夫が、「うちの豚は、水を飲む時はこうして飲むんだ。」と、お皿の食器に牛乳を入れて舌でペロペロ飲んでいる。それを見て、村山も同様に「うちの猫も、そうして飲むんだよ。」と、天野と同様に飲んでいる。まだ、みんな半分も食べてないのに、いつのまにか給食をすませ、二人とも、女生徒のまわりを、ウロウロ歩きながら、天野茂夫が、

「村山！　ふみを見て見な、がっついて食べているよ。あのくい方。」

「ほんとだ。家が貧乏だから、カレーなんか食べられないんだっぺ」

「みんなが終るまで席を離れてはいけません。」と注意しても、食べてしまうと、じっとしていられず廊下に出て行く。

「ごちそうさまでした。あとかたづけをいたしましょう。」と、ふみがあいさつすると、女生徒は、いそいそと片づけをはじめた。私はそのしぐさを眺めながら、家庭での食生活が、まざまざと見せつけられる思いだった。そして、これから、まず学級指導の重点として

①生徒をとりまく環境や、心理の発達段階を考慮して、個別指導に力を注がなければな

らない。そして、

②生徒の能力に応じた係分担を決め、意欲的に根気強くとりくむ態度を育てなければならない。特に、

③身のまわりを清潔にし、整理整頓の習慣を身につけさせ、食事のしつけの細かい評価表をつくって実行出来たら花丸でもつけてやり、根気強く指導しなければならない。と固く自分の心に誓いながらも気が遠くなる思いだった。

## ・いたずらは面白いから

やっと、職員室に戻りお茶を飲んでいると長沼みよが泣きながら

「天野君が、猫の目玉をポケットから出して見せるんです。」と言う。

「どうして、そんなことするんでしょうね。では、教室へいこう」と、職員室を出ると、村山君と天野君が、じっと、今までの様子を見ていたらしく、廊下に立っていた。

「先生によくも言ったな。」

「帰り自転車パンクさせてやるから。」

「どうして、そんないたずらするの。」

「おもしろいからだよ。みよは、少しでもやると、ヤダヨーと大きい悲鳴をあげるし、ふみは無精でくさいからだよ。」と言いながら逃げて行った。私は、教室に戻って女生徒と話し合った。すると、小野里美が、

「先生！　みよちゃんは、卓球の球ぐらいで悲鳴などあげるからやられるんです。それにふみちゃんは、頭も身体もくさいから。」

するとと、市毛ヨシが、

「先生、普通学級の生徒はね、特殊の生徒を見ると、くさい、きたないベジャってみんなやるんですよ。」と言う。
※クサイ・ベジャ→きたなくつぶれたこと。
「村山君も、天野君も、いつもみんなにやられているから、弱いみんなに仕返ししているのかな、みよちゃんも少し位のことで悲鳴などあげないこと。ふみちゃんも、髪の毛や、下着なども清潔にしておけば自分も気持ちいいし、他人にもくさいなど言われないですむのよ。」と言うと、友達にうるさく干渉する里美が、また、

「先生！　ふみちゃんは、下着が二枚しかないので、二週間に一回しかとりかえないいんだって。だから、いつもまたの所、ボリボリかいているんです。」と言う。さすがにふみ

も顔が赤くなった。すると、また市毛ヨシが、

「先生！　女性のトイレが、丸のままトイレットペーパーが、便器の中に入れてあって使えないんです。」と言う。早速行ってみると、水が溢れていた。

「誰が、こんなことするのだろうね。」と、ため息をつくと、ヨシが
「三年の女性が、ニヤッと笑って出て行くのを見ました。」と言う。私は、半信半疑であった。すると、田代浩君が、黒人のように顔中墨だらけにして入って来た。

「先生！　天野君が流し場にあった墨汁を首と顔につけたんです。」

私は、急いで教室にある洗面器と石けんとタオルを持って、トイレの流しで顔と首と頭を洗いおとした。やれやれと思っていると、バダバダ、バダバダと、教室を走り回っていた村山と、天野が出口のドアのガラスを割ってしまった。またかと思いつつ心静めつつ、

「怪我しないように、ガラスを拾いなさい。」と、言うと、

「弁償すればいいんだっぺ、これで割ったのは、二回目かな？　お金は前と同じ二千五百円か？」と、あっさりしたものである。

「弁償すればいいと言うものではないのだよ。村山君、天野君、少しおちつきなさい。」

と、天野君の腕をつかむと、

「先生！　わかった、わかったよ。今度、よくなって変身して見せるよ。本当だよ。」と、口先だけは達者で驚くばかりである。

「それでは、もう走りまわったりするんじゃありませんよ。」と、腕をはなすと、「うそだよ。」と言って逃げて行く。廊下で技能員の井村さんに出会った。私は思わず、ほっとして「疲れた。」と、もらすと、

「ご苦労様です。前受持っていた若林先生も、あと三年勤務出来たのに、あの子供らにカマキリジジイ、クソジジイなど言われて、勤務する力がなくなったよと退職してしまったけど、オートバイで子供を怪我させなければ、大校長でいられたんだろうけどね。今の高森校長と同級で、青山師範（現在の青山大学）卒業だそうだよ。」

「立派な先生でしたよね。とにかくあの子達は本能だけで考える力が育ってないから、若林先生も精神的にも肉体的にも疲れてしまったんでしょうね。私も、もう少し幼児教育を勉強しなければならないですよ。」と、話しているうちに、チャイムが鳴り響いた。

夕方、ガラス破損の件といじめの件だけは確実なので事実だけは連絡しなければと思い、まず、村山君の家へ学校から電話を入れた。すると、母親が受話器をとり、用件を話すと、きつい声で、

「わかりました。ごくろうさまです。」と、ガチャンと受話器をきられた。悪いことで連絡するのは、なんとなく気が重い。つづいて、天野君の家に電話すると、父親が出た。

「実は、今日村山君と二人で教室のガラスを割ってしまったんです。ふざけて割った場合は、弁償というきまりになっていますので、一枚二千五百円ですから、一人分千二百五十円になります。」と言うと、

「弁償だと、ふざけるなよ。今、いくからそこ動くな。」と叫んでいる。

後日、家庭訪問して母親に再度報告したが、「あ、そうですか、わかりました。」と、心ない返事がかえってきただけだった。その後も、度々訪問しても、子どもの態度は変ることはなかった。

子を生み育てることは誰でもできるけれど、真の親になることはまったく、むずかしいことだと思った。

# 2　ともに生きる

## ・ふるさとの山に登る

生徒と教師の人間関係をよくするためには、生徒と共に語り、共に聞き、共に見ることだと考え、晴天の日曜日ワゴン車に乗っている技能員の井村さんにお願いして、筑波山へ連れて行くことにした。ダンボールに、スイカ、ダイフク、センベイ、モナカ、アメ、ガム、ジュースなどつめこみ、一番後ろの座席に三人の男生、中央に三人の女生、前の座席にいつもみんなにきらわれている佐竹ふみと私が乗った。しかし、相変らず男生は、女生の長い髪をひっぱったりして、車の中でもけんかしている。

「ほら、外を見てごらん、さつきがきれいだよ。麦の穂もこんなに大きくなっているよ。」と、気持ちを窓の外にむけさせながら、筑波大学の前を通り、松見公園に来た。さつきが満開で見事に美しい。記念写真をとろうとしても男生が入らないので、女生のみとなった。天気が良いせいかのどが乾く。私は売店でソフトクリームを買い与えようとしたが、村山と天野が、

「乞食になってしまうからいらね。」と言うので

「おいしいのにいらないの……それでは池の鯉にあげてしまおう。」と、池に手を伸ばし捨てるふりをすると、天野が、

「アッアッもったいない。」と言う。

「じゃ、食べなさい。」と言うと、村山がのそりのそりと寄ってきて、

「それじゃ、食ってやっちゃうかあ……。」と、私の手からすばやく取り、食べはじめた。

そして、池のふちをかけまわったりしている。天野は、切符も買わないで、展望台に登ってしまった。まったく、少しの時間も目をはなすことは出来ない。三十分の休憩をとった後、まっすぐ筑波山に直行した。ロープウェーの切符を買い、往復切符の説明を三回すると、今までだまっていた田代浩が、いきなり、

「先生！　わかったよ。何回も説明しなくてもわかるよ。」と言うのでそれぞれ切符を与え、ロープウェーに乗りこんだ。すると、都会の若い男女グループが乗りこみ、みな座席につく。一人とりのこされた男性が、ふざけ半分で若い女の人に、にやにや笑いながら、

「お年寄に席をゆずりましょう。」と、言っているのを、小野里美がその言葉を、まともに聞いてしまい、いきなり、車内に大きな声で
「みなさん！　お年寄りに席をゆずりましょう。」と、叫んだので、車内は、いつしかし

ずまり、皆、子ども達を眺めている。一人の客が、

「みんな、どこの生徒なの……。」と、尋ねると、天野が大きい声で、

「中学校の特殊だよ。」と、言ったので、

「あゝ特殊学級の生徒か……元気がいいね。」と、皆、笑いだした。

「帰りの切符なくすと、帰れなくなるから、先生預っておきます。」と、言うと、もう田代浩は、

「全部、箱に入れてしまった……。」と、泣きべそをかいている。

「だから、先生、三回も説明したでしょう。」と、言っているうちに技能員の井村さんがとりもどしてくれた。

「さあ、それでは、このおやつ分担して登ろう」と、言うと男生が
「おんら、食わねえから持っていかねよ。」と、言うので、女生徒四人で分担し登ることにした。すると、井村さんが、「重いスイカは、おれが持っていくよ。本当に先生大変だなあ…。」と、しみじみと、同情してくれた。一足一足山を登り、霞む山川を見下ろしながら、弁慶七戻りの大きな岩の前でスイカを割った。そして、みんなに分けはじめると、また、村山と天野がぼそぼそと、低い声で、

「乞食になってしまうから食べない。」と、言う。そこへ若い夫婦が、二人の子供をつれて登って来た。そして、しきりにスイカを欲しがりすねている様子だったので、私は、余分に切った方を、

「さあ、どうぞ。」と、二人の女の子にあげると、若夫婦は、

「すみません。ありがとうございます。」と、立ち去った。すると、村山と天野は、うらめしそうに二人の女の子をにらめつけている。

「ほら、あなた達の分は、ここにあるから食べなさい。」と言うと、

「それじゃ、食ってやっちゃうかあ。」と、言いながら、むさぼるように食べはじめた。

それぞれ、袋にお菓子をわけ、紙のコップに、ジュースをついで、みんなで乾杯しようとすると、

「先生！　それ飲むな。」と言う。

「どうして…」と尋ねると、天野が、

「おれ、さっき、そのジュースにガムをはき出したんだ。」と言いながら、男生達は頂上にかけあがっていった。私は、あきれかえってしまったが、でも、おしえるだけ、少しはよい心が残っていたのかと、いらだつ心を押えた。すると隣にいた井村さんが、しみじみ

と、

「こんな子どもらだから、若林先生退職したくなる気持ちよくわかるよ。」と、溜息をつきながら話してくれた。

するると、下の方から、高校三年の大野君がかけあしで登ってきた。

「まあ、大野君、しばらく…。」

「先生、しばらくです。今日は、登山クラブに入っているので、下調べに来たんです。先生は、今日はなんですか?。」

「筑波山に登りたくなったので、生徒達をつれて来たのよ。」

「そうですか? では、失礼します。」と、石段を登って行った。学生時代から好男子であったが、しばらく見ない間に、一層キリッとしまってりりしい。

「先生の教え子かね。好青年だね。」と、井村さんが言う。

「そうなんです。私のクラスがNHKの中学生の広場に放映された時、模造紙でスズランの絵を書き飾っておいたら、私がスズランの花が好きなのだと思い、たくさんスズランの花をプレゼントしてくれた生徒なのよ。」と、話していると、側にいた小野里美が、

「私達の学校が、NHKに放映されたことあったんですか?」

すると、井村さんが、

「篠山先生の書いた中学生シリーズの本、詩のすきな中学生、短歌のすきな中学生、童話のすきな中学生が読売新聞の全国版に載ってそれが、NHKのディレクターの目にとまり、篠山先生の生徒の作品をとりあげて放映されたんだよ。NHKの方が学校に七日間もきたんだよ。」

「わたしたちの学校も、いい時があったんですね。」と、感嘆している。いつのまにか、共に語り食べたり飲んだりしているうちに、おなかも満腹になり、ストレス解消された気分になった。そして、みんなで頂上に登って、子ども達と思い切り新鮮な空気を胸一杯吸いこみ山を下りた。途中、清滝寺により、各自にお守りを買い求めてつり鐘をならし、山をおりた。ふもとの食堂で昼食をとり、ワゴン車に乗った。これから、どんな困難にぶつかるかわからないが、いくらかでも時間を生み出して、共に心のふれあいを持っていきたいと思った。

## ・仕事とのふれあい

生活の時間になった。生徒達はそれぞれ単元ノートの表紙に自分の好きな絵を書きはじめた。男生はヨットや舟を書いて一色でぬりつぶし、早く終ると、村山と天野は、

「先生！　この前のプラモデルの続きやっていいか？」と聞く。

「みんな、まじめにやったからいいでしょう。」と、言うと、三人の男生は目の色をかえて、あざやかな手さばきでロボットを見事につくりあげてしまった。すると、天野が、

「先生、この次は、動くロボットつくってみたいな。」

「おれは、スカイライン車がいいな。」

「ぼくは、セリカがいい。」と、意欲的である。

「そう、じゃ先生と約束しよう。みんなあきないで、いたずらなどしないで、どの教科の勉強も、がまんをして続けられたら、先生、その材料を買ってあげよう。」と言うと、

「ほんとうだな、先生。」と、目を輝やかしながら念を押す。村山も

「よーし、それじゃおれもまじめになるぞ。」と真剣な顔をする。田代浩は、月毎に東京

の病院で精密検査を受けているので、お金の大切さをよく知っているせいか、

「先生！　ぼくは一番安いのでいいよ。」と、言うと、

「この馬鹿、品物はな、高いほどいいんだよ。」と、天野は田代をどなりつける。

「天野君、友達を馬鹿なんて言うもんじゃないんだよ。田代君は、身体が弱いので、いつも薬を飲んでいるから、お金の大切さをよく知っているんだよ、なあ田代君」と言うと、頭を上下に振ってうなずきながら泣き出してしまった。

「この泣き虫、もうおめえのことは相手にしねえ、なあ村山！。」と、なかなか言葉がとまらない。とにかく急によい子にしようと思っても無理なので、徐々に前進させながら歩もうと思いつつ、村山君の所へ近寄って行き、出来あがったプラモデルをほめながら、

「よくできたね。村山君は手が器用なんだね。ところで、日曜日などは、どんな事をしながら遊んでいるの……。」と、尋ねると、意外な遊びをしていた。

「おれは、ぬるぬるしたものが好きで、ヘビだのカエルなどいたずらして遊んでいるんだ。この間、夜遅く帰って来たら、家の犬のクロが、おれをドロボウと思って、ワンワンうるさくほえたので、おれせわやけて木に犬をしばりつけ、星飛雄馬になったつもりで、目玉めがけて石を投げたら、見事に命中し、出目金みたいになったので母ちゃんにおこら

れると思って、急いでダンボールにつめこんで山のほら穴に投げてきたんだ。でも少し犬が心配になったので、朝早く行って見たら、ダンボールは口あいて、犬はいなかったんだ。でもよ、そこに、蛙一匹と一米位の蛇が三匹いたもんだから、おれポケットに入れておいたバクチクで蛙の口あけて、バンバンバンとやったら、あごがはずれて死んでしまったんだ。それで、蛇もバクチクで死ぬかなと思って、バンバンバンやって見たら、一匹口をあけて死んだので、もう一匹は、コンクリートの電柱に思い切り、ピタンピタンと十回位しっぽをもってひっぱたいたら伸びて死んでしまった。最後の一匹は、しっぽを持って、グルングルンと目をまわらせて、電線にぶんなげたら感電してたちまち死んだよ先生。」と、英雄きどりで話す。私は、驚きながらもおちついて、

「そう言う遊びをしているんだ……村山君は、芥川龍之介のくもの糸の話知っている?」

と言うと、しばらく耳をすましていた天野が、

「小学校で教わったから知っているよ。なあ、村山」

「うん」

「それが、どうしたんで先生。」と、田代君まで耳を傾けている。

「あの本に出てくるカンダタは、悪いことばかりした人で、ある日生きているクモも殺し

てしまうかなあと思ったんだけど、これも生物だからかわいそうだと思って、殺さなかったお話よ。」と、言うと天野が、口をとがらせて、

「知っているよ。地獄でもがいて苦しんでいる所へ、おしゃか様がくもの糸をたらしてやり、それにつかまって登ってきたんだけど、下を見たらみんなその糸につかまって登ってくるので、自分だけでも切れてしまいそうな糸なのに、こんなにのぼってきては切れてしまうと思い、下を向いて、おりろ！　と言った時、その糸が切れて、みんな助からなかった話だっぺ」

「そう、よく覚えていたね。村山君は、生きものみんな殺してしまったから、カエルにも、ヘビにも助けてもらえないなあ。」と言うと、村山は真剣な顔で、

「でもよ、おれは猫が好きだから、猫には助けてもらえるよ。」

「そうか、猫は好きなのか、じゃ先生も安心したよ。」と、言うと、

「でもよ、この間、生まれたばかりの小猫をだいて寝ていたら、夜中にねがえりしてふんづけて殺してしまったんだ！」と、言う。

「じゃ、猫にも助けてもらえないね。」と、言うと、また真剣な顔で、

「でもよ、先生、おれは、かわいそうだと思って、シャベルで穴を掘って埋め、好きなか

つおぶしと、牛乳かけてやったんだよ。」と言う。

「そうなの、やさしい心もあるんだね。」

「そんなの、あたりまえだっぺ、おれは、いつも猫と一緒にごはんを食べ、魚の時は、猫にくれてやっているんだよ。」

「そう、親切なのね。」

「だから、ねずみをとると、すぐおれの枕元へくわえて見せにくるんだよ。」

「そう、猫も、ほめてもらいたいのかな。」

「猫なんか、言葉なんかわかんねえも、ほめたってしょうがあんめな、なあ…天野！。」

と、声をかけると、

「そうだよ、猫なんかわかりっこあんめな。」

「誰も、そう思うでしょうね。先生も最初はみんなと同じ考えだったんだけど、実は、猫でも、犬でも、鳥でも、人間の言葉よくわかるのよ。」

「どうして、先生」と、不思議そうに、みんな耳を傾ける。

「先生のお友達に、絵の上手な吉田翠先生と言う人がいるの。」と、言うと、小野里美が
「先生の書いた詩のすきな中学生のさし絵をかいた人ですか?。」

「そうです。きれいな絵をかく先生です。お父さんは詩人で、家族は、お母さんと三人暮しなの……そこに、猫と犬がいるの。だから子供のように可愛がってリボンをつけたり、ベッドやゆりかごまで用意してあるの……先生時々遊びに行くと、廊下から歩いて来て歓迎してくれるの。そして、お話が終るまで応接間の角のベッドや、ゆりかごに寝ころんで話を聞いているのよ。そして、時々、翠先生にクリクリした眼で合図して、おねだりしている時があるの……

「なにか食べもの欲しいのではないの…」と、先生が言うと、

「そうなのよ、私にガムを手で持ってかませろって言っているのよ。最近運動不足で、少し太ってしまったから、ガムを手で持ってかめないのよ。」と、言って、鉛筆位のガムを寝ているベッドの前に立てかけてやりながら、

「お客さんがいる時は、少し我慢しなさい。さあ、早くかんで、今度は両手で自分でかめるでしょう。」と、両手にガムを持たせてかませたの。また、夕方の散歩の時間になると、ワンとほえて合図するのよ。ある日、夜中にお母さんが倒れていたのを、小犬が見つけて、翠先生の部屋に入り、パジャマをくわえて翠先生を倒れているお母さんの所まで連れてきて、知らせたこともあったんだって、偉いでしょう。また、猫だって、テラスから入っ

てくる時は、ちゃんと雑巾で足をふき、用をたすときも箱の中の砂の中でやるよう、きちんとしつけられているのよ。また鳥のえさをやる時間も、きちんときめておいて、少し遅れてしまうと、翠先生、あわてたように、ごめんなさい、少しおくれてしまって……といいながらお米を中庭にまくと、小鳥やキジまで降りて来て食べているの……だから、みんなも、犬でも、猫でも、鳥でも、やさしく声をかけてやりなさい。」と言うと、感心したように、

「わかった。」

「わかったよ先生。」と、みんな素直である。しかし、人としての生き方、あたりまえのしつけが形成されていないため、「ぬかにくぎ」の教育になってしまうことが多い。少しでも進歩させるためには、何事も納得するまで、時間をかけて話し合うようにすれば、いくらかは向上するのではないかと反省させられる。

## ● 迷える小羊

アカシアがまっ白い花を豊かにつけはじめた。おそ咲きのレンゲ草が丸いボンボンのよ

うな赤い花をつけている。そして木々の緑は日一日と色を濃くしている。学校生活も、あわただしい二か月が過ぎたある昼休み、市毛ヨシが自分と同じように輪ゴムで長い髪をしばっている一年三組の松原茂子を、私のクラスに連れてきた。

「先生、茂子さん！　私たちのクラスに入りたいんだって!!」

「どうして……。」と、不思議そうに尋ねると、松原茂子が、

「先生のクラスは、明るくてきれいだから。」と、言う。

「そう、でも、これはね、先生一人の考えで入れるわけにいかないのよ。」と、言うと、茂子は真剣に、

「私は、小学校まで特殊に入っていたんです。それで、中学に入ってから、普通学級に入ったので、クラスの友達が特殊からはいあがってきたんだっぺって言うんです。そして、お金がなくなると、みんな私のせいにするんです。お願いですから、このクラスに入れて下さい。」と、泣き出してしまった。私も途方にくれながら、

「家の人はなんと言っているの。」

「私の気持ちなんて知らないで、せっかく普通学級へ入ったのだからだめだと言うんです。給食の仕事をしている松原のおばさんも、私の親戚なんですけど、やっぱり反対なん

です。」

「そうなの、給食の松原さんは、茂子さんの親戚だったの……じゃ先生もよく話し合って見るから……。」と、一応なだめた。そして早速給食室へ行き、松原さんの話を聞いた。

「家族も、特殊に入っていると、就職も結婚もいろいろとさまたげになるから反対なんです。」

「そうですか。」

「でも、困ったことに、最近は祖母の着物までハサミで切ってしまうので、困っているんですよ。母親が交通事故で小さい時死んでしまったから、先生を慕っているのかもしれないよね。」とのことだった。担任が、身体の弱い男の教師で休みがちだったから、支えがほしかったのだろうか？ それとも母親の愛情の不足だろうか？ と、思いつつ、

「普通学級で勉強できれば、それにこしたことはないのですけどね。とにかく、納得ゆくまで話し合って見て下さい。」と、席をたった。しかし、茂子の意志は固く希望を受け入れてくれなければ、学校に行かないとの事なので、家族と管理者との話し合いで、とにかく、仮入級と言う形で六月より私のクラスに入ってきた。ＩＱ75で読み書き計算の基礎はできる。また見て書けば、整った字をかく、そして、他人のめんどうをよく見るのでほっ

とした。

すると、茂子が静かに寄ってきて、

「先生、私のお母さんはね、私が赤ん坊の時、私をおんぶして自転車に乗っていた所、後ろから来た車にはねとばされて即死してしまったの、それで私と弟はおばあちゃんに育てられたの……。」と言う。

「そう、そうだったの。」毎日悲しい心でいたことを私は悟った。

「茂子さんのお母さんは、きっと天国から見守っているのだから、悲しませるような事はしないで、強く生きていかなければだめよ。人間は、淋しくても悲しくても耐えることって大事なことなのよ。耐えることを知らない人間は不幸な人ね。自立が出来るということは、その裏側に厳しい忍耐があることを忘れてはいけないのよ。とにかく、一日一日頑張ってね。」

「ハイ、頑張ります。」と、元気よく答える。いくらか心が明るくなったかと、少し安らぐ思いがする。

「今朝の自習は、書き取りですからはじめて下さい。」と、言うと、集中力のない男生は、歩きまわっていて席につかない。女生のノートにいたずらしているのもいる。

「ノート忘れました。」

「教科書忘れました。」

「筆入れ忘れました。」と、言う。まったく気力のない男生である。今日はやさしい書取りで、女生徒はみな終ってしまったので男生徒も席に坐らせ、猫と小鳥のお話をした。

「この間の日曜日、先生、友人の翠先生の家を訪問したの。そうしたらね、ちょうど猫が物置小屋の中にこどもを産んでしまって、一匹だけ、まきの木の間に落ちてわからなくなって困っているところだったの……そこへ、よごれた黒の野良猫が裏木戸から、ノソリ、ノソリと入ってきたの、それを見た翠先生が、

「野良猫のクロちゃん！　子猫を一匹さがしてちょうだい。」と言うと、その猫が、物置小屋に入り、子猫の首をくわえて探してきてくれたの、先生驚いて、「野良猫でも、すごいわね。」と、言うと、翠先生が、

「そうなの、この猫は、時々やってくるんだけど、野良猫のせいか苦労しているから、優しいところがあるのよ。家の三匹の猫は、三度三度食事を与えている過保護のせいか我儘で、自分のこどもだって余りめんどうみないのよ。時々、このクロちゃんも仲間に入れてもらいたくて遊びにくるんだけど、家の猫たちは、決して仲間に入れてやらないので、か

わいそうな猫なの。」

「そう、猫の世界でも仲間外れなんてあるのね。」と、言うと、

「もちろんあるわよ、でも、この野良猫、苦労しているから、家の猫たちにかまってもらいたくても、じっと耐えている我慢強い猫なのよ。だから、言葉をかけてやると、とても喜んで思い出したようにやってくるのよ。」

「今の非行少年と似ているところがあるわね。」

「そうなの、まったくその通りよ。誰にもかまってもらえないから安住する場所がなく、孤独でかわいそうなの！　どこかで水などかけられたり、ひげを切られたり、お腹がすいたりすると、家にやってくるのよ。野良猫だって、愛情もって、やさしく言葉をかけ、よい事、悪い事、教えて心くばりしてやれば、絶対いたずらなどしていかないわよ。私も、あまりにもかわいそうだから、家においてやろうとするのだけれど、家の猫達、仲間はずれにしてだめなのよ。」と話しているところへ、カラスが一羽、「ニャー」とおりてきて、テラスの側においてある、エサを食べはじめた。先生は、思わず、

「あら、面白い、このカラス、ニャーと言ったみたい、カァーとは聞こえなかったわ。」

と、言うと、翠先生もうなずきながら、

「そうなのよ。面白いでしょう。実はね、この前、おつかいに出かけた時、お宮の石段の中ほどに、一羽のカラスが止まって、こちらを見ているから、私、話しかけたのよ…「カラスさん一人なの……私も一人娘なの今度家に遊びにおいで。」と、言うと、そのカラスかどうか、わからないけれど、次の日から一羽くるようになったの……それで、三匹の猫たちが、ニャア、ニャア、ニャアあまえて、エサを食べているのを見て、自分もまねて甘えているのよね。」

「たしかに、カラスって頭がいいと、昔から言われているよね。猫の声をすれば、エサをもらえると考えたのかしらね。」

「そうかもしれないね。鳥でも、猫でも、カラスでも、みんな、人間の言葉がわかるのよ。人間だけが知らないだけでね。」と、言っており先生本当に驚いてしまったよ。」と、話すと、生徒達は、夢中で話にのってきて、

「先生、ほんとかよ。翠先生ってやさしいんだね。」と、普段、会話の出来ない男生徒も、こういう身近な動物達のふれあいの話を聞かせてあげると、好奇心が高まり、眼を大きく輝かせながら、話の中に入ってきた。

## ・犬のしつけおれに出来っぺか

「今日は、いのちの尊さということについて、お話したいと思います。遠い昔、おしゃか様が、人間は皆、元気で何一つ悩みのない時は幸福だと感じるが、必ず年老いて死んでゆくもので、その時「人生は苦である」と、気がつくものであると、おっしゃったのね。それで、おしゃか様は、この苦を解決されようとなされて出家をされ、厳しい修業の結果、「天と地にあって、我のみ尊し」と、いうさとりを得られたというのね。我とは自分のことで、「自分」が、大切な人は、他の人の「自分」も傷つけてはならないということでみんなも、自分自身の人格、いのちを大切にすると同じく、周りの人のことも大事に考えてみてください。」と、言うと、天野茂夫が、

「佐竹みたいな、くさいこじきみたいな者を、大事になんか出来ないね。」

「そうだよ。こきたね。」、と村山も調子を合わせる。すると天野がまた、何を思い出したのか、いきなり、

「先生、家の母ちゃんよ、昨日、なんでも芸当できる秋田犬もらってきたんだよ。おあず

け、お手など出来るんだ。」

「そう、りこうな犬なんだね。」

「家にいるシロは、なんにもしつけしなかったんだけど、今からでもしつければ、おあずけなど出来っぺか。」

「そうね、ゆっくり教えればできると思うよ。おあずけ、おあずけと、自分も一緒にやって教えるんだよ。そして、出来たら、おいしいものを与えてやれば、いくらでも覚えると思うよ。」

「おいしいえさは、ドッグフードなんだけど、一かん二百三十円すっかんな。」

「ドッグフード、先生の家にあるから、あした持って来てあげるよ。」

「悪いな先生。」と、すなおに言う。すると、村山も、

「家のクロにもな、先生。」と言う。

「ハイ、わかりました。二人とも、今度は犬の先生だな。あきないで頑張りなさい。」と、言うと、今度は、村山がなにを思い出したか、

「先生、家の猫は、いつもねずみを取って口にくわえ、おれの枕元につれてくるんだよ。」

「ほめてもらいたくて、見せにくるのかな。」

「おれも、そうだと思って、ヨーシ、よく取ってきたとほめてやってから、おれ、左手でねずみをつかまえ、右手で猫の首持って、家の前の工場の金網の所までつれて行き、その金網の上に離すと、最初は、十米位で落ちてしまったけど、今は、五十米も百米も落ちないで追いかけっこをし、おもしろいったらないよ。」と、言う。こんな遊びをしているのかと、少しゾッとしたが、顔色を変えず、

「そう、なんでも、やっぱり何回もやると、上達するんだね。」と、話をしているうちに、チャイムがなり出した。

「起立。礼」と、道徳の時間の幕は閉じた。

この八人の生徒達は、知識や技術を理解させ覚えさせる前に、生徒達のもつ情緒面へのゆさぶりをかけ、それぞれに与えられている個性を呼びさまし、教科の内容とからませながら指導して行けば、いくらかは、豊かな人間性を培うことができるのではないかと、考えさせられる。教育の原点を追求しようと特殊を担当したが、まだ三か月の期間なのに、一年も二年以上にも匹敵するような、時間の凝縮をずしりと感じる日々であった。

## ・朝のふれあい

朝、早く学校に来て、玄関、校長室、図書館前、階段に花を活けその余りを自分の教室に活けていると、天野が、元気よく入って来て、

「先生、シロが今朝おはようと言ったら、ワンと言ったよ。」と、笑顔で言う。

「そう、やっと、茂夫君の言葉がわかったのね。」と、あいづちをうつと、長沼みよが、

「わたしも、鳥におはようと、今朝言ったら、ピイと言ったよ。」と言う。

「鳥も、みよちゃんの言葉がわかり挨拶したのね。」すると、市毛ヨシが

「家のシロは、わたしが見えなくなるまで、

シッポふっているの。」と言う。そこへ村山武夫が入って来たので、

「村山君の家のクロは、その後どうした……？」と、言うと、

「家のクロは、まだ、しっぽもふらないよ先生、パンを投げると、小屋にかくれてしまい、オレがかくれて見えなくなると、食べるんだよ、せやけて……。」
※せやける→いらいらする。
「そう、村山君のクロは、ずいぶん用心深いんだね。」

「えさは、まだ母ちゃんがやってんの。」

「そうだよ。」

「もう、そろそろ、今度は、村山君、えさくれてやるようにしたら。」

「おゝやだあ、そんなのめんどくさくて……。」と言う。

　生徒、ひとりひとりの心の扉を開くためには、どんな話題でもよいから、生徒と共に語り、共に聞き、共に見ることだと、考えさせられた。ふれあいを求めて、はじめて共通の話題が必要であることを悟り、生徒の幼い魂を自然の事物につなぎ、花、鳥、動物などは自分達の友達であると言う事を感じるようになり、言葉をかけられるようになった。

## ・悲しい宿泊学習

うろこ雲が広がって、徐々に北に向かって進んで行く。ここ二、三日真夏のような日が続く中、私達を乗せた六台のバスは、麻生町にある白波少年自然の家に向かった。今日から二年生による二泊三日の宿泊学習である。

目標は校外で友達や先生と寝食をともにし、共同生活を体験することによって、心と身体をきたえ、良き生活の態度を身につけさせることである。特に重要なことは、

一、自分の仕事に責任を持ち、進んで協力し働こうと言う勤労

一、何でも話し合い、思いやりをもって助け合ってゆこうと言う友情

一、たくましく、くじけない強い心と身体をつくろうと言う健康、などを、身につけることである。そして、仲間と協力して自主的な生活をするわけである。

生徒達の合唱を聞いていたら、いつのまにか、北浦に打ちよせる波が車窓に反射しはじめ、小高い丘に建てられた目的地のキャンプ場に着いた。もう、キャンプを終えて帰る他の学校の生徒もいる。すると、バスの中から突然、

「篠山先生、しばらくです。今、ぼくは結城中学校に勤務しています。」と、教え子に声をかけられ、なつかしさで一杯だった。バスから、それぞれ荷物を各部屋におきかえ、グループごとに別れて食事場に行くと、昭和五十五年度の文部省主催の社会教育主事講習会で共に勉強した、島崎明彦先生が勤務していた。

「篠山先生しばらくです。あの節はお世話になりました。」

「こちらこそ。学校から離れて勤務するのも、住む世界が違うから勉強になるでしょう。」

「たしかに、指導範囲が広いですから勉強になりますね。」

と、久しぶりの再会であった。

第一日目の夕食は、ライスカレーである。友人の島崎先生が、カレーの作り方をナベやスプーンを持って指導する。すっかり板についた指導である。

それぞれ、グループごとに分かれ、とりかかる。火のつけ方の出来ないグループが目立つ。でも、なんとか協力してみんな食事をすることができた。後始末を終え、各自部屋に帰ってしばらく休んだ。女教師四人で畳の部屋に横になり、おしゃべりがはじまった。ふと窓から空を見ると、オレンジと紫色の帯状の雲が紬の着物のように交互にあやなしてい

る。美しい情景に見とれつつ、思わず
「空を見てごらんなさい。」と、叫んでしまった。友人も、それぞれに、

「まあ、きれいな雲。」

「こんなに交互に二色で模様になる雲ってはじめてだわ。」

「このオレンジの雲は、どんな色になって消えるのかしら。」と、しばし雲を見つめていた。すると、オレンジが紫色の中にとけて一色になり、最後に透明な水色に変った。実に美しい雲の流れだった。


あたりが薄暗くなり、いよいよキャンプファイヤーが行なわれた。積み重ねられた木に火がともされ、真っ黒な空に、バリバリと音をたてて火の粉が燃えあがる。その火を囲んで、クラスごとに歌や、ダンスが繰りひろげられた。大変なにぎわいである。この時の生徒の気持ちは、おそらく一つだったかもしれない。話したり、笑ったり唄ったり、みんなの心が炎のように明るい。夜星には星が見学でもするように、キラキラまばたきながら輝いているようである。いつのまにか、火も消され、感激を胸に秘めて、各部屋にもどった。

早速、各部屋をまわって見ると、大部屋では特殊の寝床の場所の件でみんなもめていた。

「あっちで寝ろ。」
「こっちへ来てはやだよ。」と、なかなか位置が定まらない。私は思いあまって
「みんな、仲よくして下さいね。」と、お願いすると、
「ハーイ」と、返事は返ってきたが、心からの返事ではなかった。

また、男生の部屋に行って見ると、もう早速、村山と天野が頭を紙袋でかぶせられていじめられていた。思い起こしてみれば、いじめられっ子は現在だけでなく、過去にもいたし、これからも出現してくるでしょう。しかし、なぜ、特殊生徒は、普通学級の仲間として、輪の中に入れてもらえないのだろうか？　特殊の生徒も、仲間はずれになりたくないと思って、いじめられながらも、みんなの仲間に入れてもらいたい、とけこみたいと心の底から思っているのに、それがわかってもらえず、いじめられほうだいで、もう半分あきらめて学校生活を送っているに違いないと、なんとなく身のつまされる思いがする。誰か、まわりの者が、ちょっと手をさしのべてあげれば、意外に早くとけこめるのに、そう言うわかち合える友は、生徒の中にはいないのだろうか、と、しみじみと考えさせられた。

翌日の二日目は、北浦に打ち寄せる波の音を聞きながら体操をした。そのあと、オリエ

ンテーリングを行った。石段を登ったり、下りたりほどよい運動をした後、午後、そば打ちを、各班ごとにする。太いそば、細いそば、いろいろであるが、男生もなかなか上手である。みんな頬ばって食べている。私も、昔祖母がやっていたのを思い出し、そば粉をこねてやって見た。はじめてにしては上手にできた。

いよいよ、夜のハイキングである。丘を通り田んぼの側を通ると、何匹ものホタルが美しい糸を引いて飛んでいる。久し振りに見た情景で目をみはる。

するど、長沼みよが、

「先生、ここは水がきれいだから、ホタルがいるんですね。」と言う。

「そうね、汚ない水では生きられないものね。」と、言いながら、小高い山を下り、またお寺を越えて、みな各部屋に帰った。

早朝、波よせる岸まで歩いて、ラジオ体操が行なわれた。お腹が空いているせいか、みんな朝食はよく食べる。短い日程であったがこの大自然の恵みをうけて、明るくたくましく、協力と創造の生活を通したこの宿泊学習は、卒業が近い生徒達にとって、楽しいよい思い出となるだろう。短い日程ではあったが、共同での生活の仕方そして努力して頑張れば何事もできるという、貴重なことを学び取ったに違いない。それぞれに、たくさんの思い出を胸につめて、私達一行は、白浜少年自然の家の先生方に別れを告げ、丘を下った。みんな疲れているせいか、帰りのバスの中では、寝ている人が目立った。私は最後の休憩所で、私達の帰りを待っている、一年生の、田代浩にカレンダー付のキーホルダーを、長沼みよと松原茂子には、麦わら帽子にリボンのついたバッグをおみやげに帰ってきた。

# 3

# 非行は淋しい心から

## ・普通学級の生徒のいたずら

たくさんのプラモデルが完成し、今日も、それぞれ大きなバイクのプラモデルに夢中である。他の学級の生徒達も、みなうらやましそうに教室に入ってきて眺めたり、さわったりしている。授業のベルがなると、みんな他のクラスの生徒も出て行った。

すると、村山武夫の仕上げたオートバイのタイヤが一個なくなっていた。また、天野茂夫のもない。その辺を探しながら、廊下に出ると、タイヤのホイールが落ちていて、その先の階段にまた三階の廊下に、そして、その側のクラスの中にも落ちている。私は、またいやな役目をしなければならないはめになってしまった。でも、とにかく事実を話して生徒に聞いてもらうしか方法がないと思いつつ、木下昌夫先生に、

「プラモデルの部品が廊下から、先生のクラスの中にまで落ちていたので、もし持って来てしまった生徒がいましたら、そっと返して下さるようにお願いしたいのですが…。」

「名前を言ってくれなきゃ、調べようがないですよ。」

「一言でいいんです。誰かいたずらして持ってきていたら返すようにと言って下さればい

いんです。」

と、言うと返事なく立ち去った。あまり悪いことには口を出したくないが、それではなにも解決しないし、いたずらした本人にも悪い結果をまねくと考え、担任にお願いしてしまった。

するると、休み時間が終わるや否や、戸口が開いて背の大きい中井昭夫が入ってきた。

「先生、ぼくが持って行きました。これです。すみませんでした」と、頭をピョコンと下げた。

「返してくれればいいのよ。一つの部品がないと完成することが出来ないのよ。これからはしないでね。」

するると、こわれた部品をそっと置いていく生徒もいた。なんでも解決するのには、なんと勇気が必要だろうと、深く考えさせられた。しかし、部品がなくなる度に買い求めていては私も大変なので、ふと知恵をしぼって、

「ここに、スカイライン・セリカ・F1と三つの車があるけれど、みんな部品をなくしてしまって未完成だから、この三つを合わせてなにか製作してごらん。」と言うと、村山が口をとがらして、

「タイヤはなし、ドアはなし、これじゃなんにもできないよ。」

「そうだよ、みんな普通学級の生徒が来て持っていっちゃってできないよ」

「だから、そこを頭を使ってやってごらん。」

「じゃ、先生、これできたら、また違うプラモデルつくらせてくれっか。」

「まとめたらね。」

「ようーし。」

と、三人は意気統合してつくり出した。村山がリーダーとなり、

「タイヤがないから、浮かんで走る一人乗り、五連砲つくろう。」

「それがいい、屋根なしにして、ライト三個つけて、三つホイルつけよう。」と、村山も熱心である。また、田代も
「マフラー大中小あるから、これも三つつけるといいよ。」と言う。

「そうだな、消火器もあるから、これもつけよう。」

「ボートも両はじにつけるか。」

「名前は、なんとつける。」

「スカイライン・セリカ・F1の三つの車を一つにしたんだから、SSF1と言う名にし

ようか。」と、みな意欲的である。

一方、女生の方では、小野里美が、銀河系を乗りこえ、星の世界をこえ、月の世界へ行く鳥を表現した絵を描き終えた。彩色に苦労したようであるが構成が大変よくできている。

松原茂子は、星の世界にいろいろな花が咲き、少年少女がいて、ネコ、羊、犬、ヤギ、ヒヨコなど表現したようである。しかし、星の世界のメルヘンを表現した彩色の工夫が少したりないが、ヒヨコ、羊、犬、キリン、ネコ、クマなど画面構成はよくできた。

市毛ヨシは、大空にポストやテーブル、月、星、ウサギ、ハナ、など羅列的に書いたもので、メルヘンの世界の小さなお菓子と、カミ封筒などの色彩に苦労しているようである。

長沼みよは、大空に月と星をかき、星の窓からウサギや、ネズミがのぞき、ウサギが笛を吹く音にキツネが花を贈る絵で、明るく、ユーモラスにまとめた。

佐竹ふみは、とりどりの花を描き出している。

男生も女生も、いくらか、それぞれに創造の翼をはばたかせはじめたようである。

## ・トイレのガラス割り

チャイムが鳴っても、廊下をかけまわったり、自転車に乗ったり、自転車のチェーンをふりまわしたり、煙草を吸ったり、ガムをかんだりして、平然と授業を放棄し校則を無視している生徒が目立つ。

「みんな、授業がはじまるよ。」と、声をかけながら教室に向かった。

「起立。礼。」と、田代浩が号礼すると、どこからか、ガチャン、ガチャン、とガラスの割れる音が聞こえる。すると天野茂夫が、

「先生！　誰かトイレのガラス割ってるよ。三年の先生は、みんなおっかなくてとめないけど、先生も、こわくてとめられめ。」と言う。

「こわいことなんかないよ。では、少し見てくるから、静かに本を読んでいて下さい。」

と、トイレに行ってみると、七、八人煙草を吸っている。ホウキでガラスを割っている者、マジックでドアに落書きしている者まちまちである。すると、朝倉君が大きい眼をして、

「先生きいてくれっか、おら方の担任が、おれがいない時、あれは悪いやつだから、友達

にはなんな！　と言ったんだと……。」

「そんなこと言う先生いないよ、なにかの間違いだよ。」

「うそじゃぁえいよなあ。言ったよなあ。」

「ゆったよ。」

「本当に言ったよ。」と、友人達も言う。

「先生、国語の時間の時、みんなに聞いてみればよくわかるよ。」と、言う。

「そうだよ。成績のいいやつばかり、ひいきしてせわやけるよ。」

「頭のよくないやつは、まったく無視だものな。」

「そんなことないよ。先生方は皆、平等に生徒達を指導しているんだよ。みんなも、ストレスがたまったら、自分が一番話しやすい先生に打ちあけるんだよ。」

「そんな先生いねもの」

「そうだよ。」

「そんな先生いめよ。」

「先生がいないなら、給食のおばさんとか、技能員のおじさんとか、みんないい人達だから話聞いてくれるよ。」

「おんらみたいな馬鹿なんか、みんな相手にしてくれないよ。」

「そんなことないよ。みんな人生経験いろいろしているから、人生の栄養を与えてくれるよ。」

「そう言う先生、おんらの学年にいればいいんだけど。」

「自分の生徒も本気で指導しないで、この間は、暴力団のような事務所に車でつれて行き、その人らに、説教してもらっているんだもなあ……」

「冷たい先生へのしかえしに、みんな、太いズボンはいたり、スリゴミ入れたり、反抗しているだよ」

「おんらの気持ち、わかってくれないものなあ。」

「毛が伸びれば三分刈りにしてこいとうるさく言うけど、家では母ちゃんが離婚して出て行っちゃったし、父ちゃんは出稼ぎで、床屋に行く金などないんだよ。学校の給食で生きているんだから。」

「反抗して生きていても、いいことはないから、山登りではないけど、一歩一歩前進して行くんだよ。昨日のぼくは、今日のぼくではないと言うように、なにか良いものを身につけて歩まなければ、人間として生きているかちがないものね。」

「先生、またおんらの話聞いてくれっか?」

「先生に出来ることだったらね。」と、私は教室にもどった。

よく私なりに、観察して見ると、自分の人生をしっかりつかめないまま、苛立たしさや、もどかしさが渦巻き、不安や不満がうごめいているような気がする。自分の大事なことは何か、どのように自己を確立し、他人と協調して生きて行けばよいかわからず、ストレスは高まる一方である。今こそ、教師も親も、事実を謙虚に反省し、生徒に歩みよって、心のふれあいを持つべき時であると思う。生徒の心の中にとけこめない教師は淋しいとしみじみ反省させられた。

## ・指導の対応の誤り

どのクラスも、何故か生徒達の心がすさんでいて、荒れている。どこに原因があるのか、はっきりわからないけれど、結局は大人達の影響が大だと思う。昔のしつけは、親が子の生きる見本となり、教育したけれど、今は、勉強に切りかえて十分にできていないから、今、学校は、そのしつけでつかれてしまっている。だから、職員会議の生徒指導の問題でも、非行の悪い生徒は、警察の指導を得て、施設に入れることなどすぐに決定してしまう。

いくら、義務教育なのだから、非行の生徒こそ、学校でよく導き指導すべきことを、うったえても少人数では実行出来ない。そして、ますます先生と、生徒との対話が少なくなってきているように感じる。

今日は、普通学級の国語の時間である。

「起立、礼。着席。」私が教壇に立つや否や、朝倉君がいきなり、

「みんな、おら方の先生、おれと友達になるなと言ったよな。」

「言ったよ。」みんな、うなずく。

「そう、先生、きっと虫の居所が悪かったのかな、先生、この間の朝倉君の作文読んで、やさしい子なんだなあと感心したよ。自分で育てている鳩を、友達が見に来て、みんなうらやましがっているので、箱までつけて鳩をあげたでしょう。そして、たくさんの鳩を世話して、育てているでしょう。偉いなあと先生しみじみ思ったよ。」と、言うと、うれしそうに柔和な笑顔になった。言葉の表現が出来ず、暴力をふるっているけれど、特に非行の生徒達は感受性が鋭く傷つきやすい性格だった。

自分には何が欠けているのか、どんな人になればいいのか、何をどう努力しなければならないのか、苦しみ迷い挑戦に立ち向かっても、なぜか幻滅を感じ、極端な揺れと屈折した心理で、自分の生命の完成を外に求めつつ、つっ走る。

朝倉君の家は、担任も理解出来ないほど複雑であった。別居中の父母がいながら、祖父の戸籍に入れられていて、妹とは名字が違う。だから、本人も不信のまなざしは日々に強まり、成長を遅らせてしまった。人からなにかと疑われ、信用してもらえなくなっていた。

　次の日、朝倉君がダンボールに鳩を入れて教室に持ってきた。

「先生、おれの育てている鳩だよ。」と、見せてくれた。

「かわいい鳩だね。よくわかったよ。でも、生きものを学校に持ってきてはいけないのよ。そっと帰り持ちかえってね。」と、言うと
「わかったよ先生。先生に授業中ほめられたから、先生に見せたかったんだよ。」と、笑顔を見せてくれた。

「朝倉君、淋しさや、苦しさなどに負けるな。苦しみが大きいだけ、喜びも大きいのだから……。」と、言うと、真珠のような涙をこぼした。

　休み時間、担任の長島学先生に、

「父親の愛情が不足しているようね。朝倉君、先生その役割やってやれば、よくなると思うよ。」

「とんでもない。非常識で、鈍感で私の手にはおえないよ。」と、逃げごしだった。

「そうかな、非常識なのは、周囲の人に気配りができないからで決して鈍感ではないと思うけど……。」

身近な担任が逃げごしでは、なかなか早くよくなるのは、むずかしいことだと思った。

## ・おれの話聞いてよ

早朝、教室の窓を開けていると、藤城芳男がかけこんできた。

「先生、おれの話聞いてよ。」と、一米八十センチもある男生である。

「どうしたの……。」と、尋ねると、

「家はよ、父ちゃんが耳が遠いんだよ。そして、母ちゃんは眼が見えないんだよ。それで、今朝、土曜日だから弁当作ってくれたんだけど、おかずの並べ方がきたなくてよ、こんなの学校へ持っていけねいよといったら、朝食も食べるな!! と言われたから、腹がへってどうしようもねいよ。」と言う。

「あ、そう。先生、今日は朝赤飯食べて来たので、お腹が満腹なの。先生の弁当よかったら、食べてくれる。」

「ほんとに先生いいのか」と、笑顔になった。そしてしみじみと

「日曜日など、友達は父親と野球したり、ドライブしたりしているけど、おれはそれもし

てもらえず、かあちゃんはなにも出来ない人だし、なんでこんな家に生まれたんだっぺと思うよ。」と、言う。

「そう、そう言う不満があるんだ。でも、子供は親をえらべないからね。でも、生まれてきたことは感謝しなければいけないよ。今まで育てて来たことは、どんなに大変だったか考えないとね。そして、自分が大きくなったら、明るい家庭をつくり、自分がやってもらいたかったことを、やってあげればいいのよ。こんなこと言っても中学生の藤城君にはむずかしいかも知れないけどね。とにかく頑張ってよ。」

「うーん。わかった。」と、弁当を持って教室を出て行った。

私は、ふと昔を思い出した。家族の御飯は麦まじりなのに、小学校に勤務する姉の弁当は白米の玉子焼きで、たくさんのおかずを入れ、なぜか二人分作って持たせていたことを……。優秀な姉だから、お弁当まで違うのかと私はひがんでいた。

たしかに、姉は学生時代、学年代表で運動会の行進など、いつも先頭に立ち花形であった。特に遊戯のときは、声が高く澄んでいるので、マイクの前に立ち、

松原《まつばら》遠く消《き》ゆるところ

白帆《しらほ》の影は浮ぶ
干網《ほしあみ》浜に高くして
鴎《かもめ》は低く波に飛ぶ
見よ昼の海
見よ昼の海

島山闇《しまやまやみ》に著《しる》きあたり
漁火《いさりび》光《ひかり》淡《あわ》し
寄《よ》る波《なみ》岸に緩《ゆる》くして
浦風《うらかぜ》軽《かろ》く沙《いさご》吹く
見よ夜の海
見よ夜の海

と、独唱させられ目立った。唄ってよし、弾いてよしの姉を見て、私の担任の先生は、「お姉さんは、なんでも出来るのね。」と、褒めたたえるので、私は、ますますやる気をなくしていった。

ある日、母に「どうして、姉さんに弁当を二人分作って持たせるの…」と、聞いてみると、「クラスにお弁当持ってこられない生徒が一人いるので、自分の弁当はその子に食べさせているると、喜美枝が話してくれたので、その子の分まで作っているんだよ…」と、教えてくれた。

私は、はじめて母が、朝食だって食べて来ていないかも知れないその子のために、栄養のあるおかずをとり入れて、心をこめて作っていたことを知った。

よく祖母が、教員になったばかりの姉に、

「教育とは愛であり、愛は心をかけることであり、心をかけることは、骨を折ることなのだよ。教育は大変な仕事だけれど、石の上にも三年だから、がんばれよ。」と、教えていたことを思い出した。

放課後、「先生、弁当うまかった……。」と、弁当箱を返しにきた。

「そう……よかった。先生、最近思うのだけど、わがままに育ち、結婚してもわがままを通し、死ぬまでわがまま通すことのできる人生もあるよね。また、苦労して育ち、結婚しても苦労を重ね、苦労のさなかに死んでいく生き方もあるよね。この世は、必ずしも人間は平等につくられていないんだよ。でもね、苦しみの中にあっても、人間は幸福になれると思うんだよ。ハスの花の格言の中に、「どろ沼のどろに染まらぬはすの花」と、言うのがあるでしょう。どろに染まらず孤高に咲く花という意味だけれど、よく考えてごらん。ハスの花は、どろの中でしか咲くことはできないのよ。先生のまわりの人の人生を見ても、どろを栄養にできた人は花を咲かせることができたけど、どろになってしまった人は、人生をダメにしてしまったよ。」と、言うと、藤城は真剣に耳を傾けていた。

## ・校内暴力事件

中学生の非行化が、全国的に広がり、農村の勤務校にも校内暴力事件が移って来た。そして、大きく新聞にも報道され、三十数名も一度に補導された。町や学校関係機関、さらにはPTAなど町をあげてこの対策に取り組み出した。特に父兄達は学校の実態を知るために、当番制をきめ、自由に授業参観を実施することになった。しかし、静かになるどころか、今日も廊下をかけまわったり、煙草を吸ったり、ガムをかんだりして反省のいろがなく、平然と授業を放棄し校則を無視している生徒が目立つ。生徒達をよく観察して見ると、自分の人生をしっかりつかめないまま、苛立たしさや、もどかしさが渦巻き、不安や不満がうごめいているような気がする。今、自分の大事なことは何か、どのように自己を確立し、他人と協調して生きて行けばよいかわからず、ストレスは高まる一方である。今こそ、教師も親も、事実を謙虚に反省し、生徒に歩みよって心のふれあいを持つべき時であると、しみじみ反省させられる。しかし教師達も日々の生活につかれ、非行の生徒達と接する時が少なくなった。

すると、無視している教師の背中に、トマトをぶつけたり、固くまるめたトイレットペーパーに墨をぬって、白いブラウスにぶつけたり、あげくのはてには、ライターでまるめたトイレットペーパーに火をつけて投げ捨てたりした。中には気にくわない教師の教室にホースで水をかけているものもいる。

私の隣の教室がうるさいので、廊下から眺めて見ると、河野先生の数学の時間である。河野先生は高校の講師を経て、新採で赴任してきたばかりの先生である。真面目に講義しているけれど、真剣に学んでいるのは少数で、みなおしゃべりや、キャッチボールなどして授業にならない。父兄達が巡視してきても平気である。

河野茂先生は生徒と向き合うことをあきらめて、唯、時間が終るのを待つのみだった。授業が終ると、先生は、職員室の隣の私に話しかけてきた。

「私は、教員にむいていないような気がします。やめたくなりました。」と、しんみり語りかけてきた。

「このさわがしい環境では、誰でも弱音をはきたくなるよね。でもよく考えて、私達も反省しなくてはならないよね。成績がよいと、ルール違反の服装をしていても、いつも叱られない子供達、常々眼をつけられていると、ちょっとしたことでも許してもらえない子供達、子どもたちは、きびしいことでなく、不平等なあつかいを嘆き、怒るのよね。どんな子どもにも、どこかいいところがあるのだからそれをみつけて、ほめてあげてほしいと思うわ。」

「たしかに、昔の先生って、やさしくて、ほめ言葉も上手でしたね。悪いことをすると、厳しくおこるけど、思いやりのある豊かな先生が多かったような気がしますね。」

「昔と違って、今は忙しい時代だから、心が貧しくなってきているのよね。校内暴力にいたるまでの原因や背景については、さまざまな要因が複雑にからんでいるよね。子供が非行に走ったケースの八〇％は親に問題があるといわれているよね。」

「さいきん、この学校も離婚が多くなりましたね。」

「たしかに、子供の成長の過程で親の果たすべき役割は大きいよね。親たちの貧困、不和、離婚、放任などから非行に押し出されていく子供達がいるよね。でも、あの子達は、傷つきやすい子、優しい子、性格が弱い子で意外と孤独である為、教師に無視されて、疎外されている子どもたちではないかと思うの…今年の生徒会や学級委員は、みな問題のある生徒達が選出され、どうなるんだろうと不安だったけど、文化祭の時、会長の肩をたたいて、「よくできたね。すばらしい…」と、ほめたら、喜んで「おかげさまで。」と、言ったものね。先生に認めてもらえる、信じてもらえるということが、どんなに、子どもにとってうれしいか私、教えてもらったものね。河野先生も希望をもって頑張ってね。」

「自信はまったくないんだけど、たしかに生徒にわからせる工夫が不足していないか、反省点も多いです。」と、しんみりと言う。

## ・先生への暴力

昼休み、職員室に戻ると、生徒指導主任である尾花隆先生に藤城がゲンコツをふりあげながら

「ズボンが太いとか、バンドがおかしいとか、髪の毛が長いとかうるせいんだよ。バカヤロー。」と、大声を出している。

先生方は、五、六人で沈黙して眺めている。あの話のわかる藤城が、どうしたのだろうと、眺めていると、チラッと私の顔を見て、止めてくれと言うSOSを出しているように見受けたので、急いで弁当の包み紙をやぶいて、（先生とお話する時は、言葉をえらんで話すものよ。）と、書いて渡すと、すぐ、それをポケットに入れて、廊下へ出て行った。

尾花先生は、ほっとした表情で、私に、

「先生、今紙になんと書いて渡したのか教えて下さい。」と言う。

「先生とお話するときは、言葉をえらんで話すものよ。と書いただけです。」

「それだけで、やめるのかなあ。」と、不思議そうに首をかしげる。

私は、身体障害者の両親をもち、重荷をかかえている藤城君には、スプーン一杯の愛しか与えていないのに、私の忠告をさとり、尾花先生に暴力をふるわなかったことが、本当にうれしかった。暗い家庭生活の中で、素直な心が、まだ失われていないことを知った。

するると、牧野義治先生が

「つっぱっている子って、意外と孤独で傷つきやすい性格の子が多いね、共働きで放任主義の家庭が多いから、もっと、内面的なものにくいいる事は大切だよね。」と、言う。中林千恵先生もうなずきつつ、

「たしかに、相手を早く理解し、心をゆさぶりながら、ねばり強くやって見せて、言って聞かせてやらせ、相手の気持ちを早く読むことが大切だよね。」と、言う。沢木利子先生も、しみじみと、

「今は、離婚が多いせいか、生徒達も自己中心的で、忙しい生活を送っているから、大切な何かを忘れている様な気がするよね。よく考えて見ると、意外と心のあたたかい子、やさしい子が見すてられていると思うね。」と、言う。すると、水田千咲先生もうなずきつつ、

「たしかにそうですね。人間には時間をかけて、じっくり答えを出すタイプがあって、そ

ういう人間は思索型で、学問にはむしろ適しているはずなのに、「おちこぼれ」組にいれられてしまっているから。」と、言う。すると、尾花隆先生もしみじみと、

「教師も、相手を早く理解し、己れの姿を、子どもの前にさらけ出し、子ども自身の姿もさらけ出させ、そこで火花を散らすことによって、はじめて成り立つものだと思うけど、篠山先生は、どう思いますか。」

「そうですね。それは、教師と生徒のあいだの基盤がないときは、指導は極めて困難だと思いますけど、しかし、教師はなにかのきっかけを作って、共感を持ちながら、生徒達に歩み寄り、あきずに対応すれば、解決は早いと思いますけど…」と言うと、尾花隆先生も

「たしかに、子供の話をよく聴いて、自己主張させることが自己を見つめさせる事になり、また、子供の心の深部にある、自己を認めてもらいたい、生きがいを見つけ努力したいと言う願いを掘り起こし、励ましていくことが、自我を豊かに形成していくことになるんだね。」と、話し合っている職員室へ、ＰＴＡ役員が二人入ってきた。

「中学校の非行の芽は、小学校時代にあることが指摘されていますね。」と、岡田一郎役員が言う。すると、本橋役員もうなずきながら、

「たしかに、煙草を吸うようになったのは、小学三年頃からだと言うから、我々の家庭の

しつけの甘さからだね」と言う。岡田役員も

「たしかにそうだよ。家にいる時間が長いのだから、やっぱり、成長の節々に、親は、子供の自立を促すこと、自立する力を身につけさせるには、当然だと思うね。非行の原因が親にあるとするならばやはり、他人に責任を転嫁する事なく、立ち直らせていくための大きな力も、親にあると思いますね。」と言う。すると、尾花隆先生が

「それはそうだけど、親だけでも無理なこともあるだろうし、先生だけでも無理で両方合わせて指導していくべきだと思いますよ。」と、四、五人の教師と父兄の話し合いが続いた。長く教員生活を続けていると、ぬるま湯にどっぷりつかっているのと同じで、厳しさや、やさしさなど失っていて、子どもたちを傷つけることばをはいている自分に気づかない教師が多くなってきているのかもしれない。相手のよさを、やわらかな心と言葉で認め、そして、相手を早く理解し、心をゆさぶりながら、ねばり強く、やって見せて、言って聞かせてやらせ、相手の気持ちを、早く読むことだと、しみじみ考えさせられた。

## ・集団の万引

夕方、突然父兄があえぎあえぎ私の家にかけこんできた。

「先生、助けて下さい。」と言う。

「どうしたのですか?」と言うと、

「大変なことをしてしまったのです…子供が…」と、言う。

広根さんの長男は、私が担任の時、優秀で進学校に合格したし、妹は、クラスの学級委員であるし、なんだろう……と話を聴くと、

「集団で、万引をしてしまったんです。」と、言う。

「ええ、どうして…」

「今日は、ジャスコの開店開きで、友達と買い物に行くと言うので、お金も一万円持たせたのです。それなのにグループでたくさん品物を盗んでしまって、今警察で取り調べを受けているんです。それで、受持の先生を呼んできてくれとのことなので、失礼とは思いましたが、一番近くに住んでいる先生のお宅にお願いにきたんです。」と言う。

「そうですか、じゃ、とり急ぎ市内にいる校長先生に電話しますね。それから担任の先生方にも」

日曜なので先生方は留守で、私と校長先生で警察に向かった。盗んだ品物は部屋に並べられてある。あまりにもたくさんなので、私と校長は驚くばかりだった。警察の話によると、最初に袋を盗み、そこに、品物の高いものを入れて、外に運び出し、とらえられた。それが、みな女生徒であるのにも驚いた。一人、五万円以上である。取り調べを、一人一人やり、十一時頃まで続いた。警察の話を聞いて、驚いたのは、ジャスコにくるまでに、四回も盗みをして、ジャスコに行ったと言うのである。最初にガム、チョコレート、おにぎり等、グループでやって来たとのことなので、校長と私は、呆然としてしまった。盗みが子供達の間ではゲームになっているとのこと、そして生徒達は「盗みは私達だけではないよ。みんなやっているよ」と、悪びれた気持もなく、たんたんと話しているとのこと。

「とにかく、盗んだ品物は、全部買っていただきます。」と、警官が言うと、父兄達は、子供を叱ることもなく、

「全部買わせるなら、こんなに遅くまで取りしらべることはないだろう。」と、逆切れしている父兄もおり、親の自覚の低さに驚くばかりであった。時計は、もう午後の十一時を

過ぎている。

　すると、校長先生が、

「やったことを、よく反省するんだよ。二度とこんなことをしないように、もう卒業間近なのだから親に心配かけないように。」と、厳しく言いつたえた。私も、明日休む生徒がいると、まずいと考え、

「明日は、休まないで登校するように、約束できますか?」

「ハイ。」と、十人近い生徒達は少しうなだれていた。広根さんは
「働くことばかり考え、子どものしつけに手ぬきをしたバチがあたりました。」と言う。

「先生、遅くまで心配かけて申し訳ありません。」と、父兄達はわびた。

「いや、なにかの魔がさしたのでしょう。」と、校長が言う。

「とりあえず、明日は元気に登校させて下さい。」と、父兄達と別れた。

## ●つっぱり生徒の涙

今日も、煙草を吸ったり、ガムをかんだりして、授業を放棄している生徒が目立つ。暴

力的な生徒は、水戸の施設に入れることも決定したが、そんなこと平気で校則を無視している。

今こそ生徒に歩みよって心のふれあいを持つべき時であると、しみじみ反省させられる。自分のあき時間、廊下をまわりながら、

「勉強おくれてしまうから、早く教室へ行きなさい。」

「今頃行くと、冷たく無視されるから行かないよ」

「そっと、教室に入っていけば大丈夫だよ」

「この間、水戸の施設に入った朝倉君から、後悔していると言う手紙が来たけれど、みんなも、いずれは後悔すると思って、先生注意しているんだよ。」

「夏祭りの時洋品屋に行くと朝倉君いきなりかけこんで来たよな、先生あの時、店にいたっぺ」

「いましたよ。先生も驚いて、今日はどうしたの……。」と言ったら興奮した顔で、

「先生に、おまえは何度注意されてもわかんないのか！　と強くおこられたので、逃げて来たのだと言っていたよ。」

「うーん、そうなんだ。」

「先生が、いろいろ話をしてくれた時、真面目になってめざめていればよかった。と、しみじみ反省していたよ。先生も、あの時、朝倉君のすなおな、ひたむきな本心を見た思いがしたよ。」

「うーん、後悔していたんだ。」

「そう、しみじみと後悔していたよ。」

「だから先生、だいじょうぶだよ、人生は長いんだから、つまずきなんて、誰にもあるんだから、心配しないで今までの我儘を捨てて真面目な学生になるんだよ、どんな批判でも、中傷でも黙って受けたらいい。出口のないトンネルはないのだから、一度や、二度の挫折があったからと言って、そのたびにぐらついてはいけない。だから、真面目に頑張るんだよ。早く施設に帰ってあやまりなさい。」

と言うと、

「わかった、と言って涙をうかべて水戸の施設に帰っていったよ。」

「みんなのクラスだったよね。」

するといきなり、井川雄一が、なにかを思い出したように、

「朝倉君、制服きつくてやぶけてしまったので、先生に縫ってくれっか？　なんて言って

たよな、次の日、先生、自分の子どものおさがりだけど……と言って制服持ってきてくれてたよな。」

「そんなこともあったね。お父さんが家にいなかったし、お母さんは夜のお勤めだったから、淋しかったんだろうね。お手紙、職員室の後ろにはってあるから、あとでゆっくり読んでごらん。」

「おんらも、こんなことしてんの馬鹿だな。」と、素直に言う。

「多分、朝倉君のように後悔すると思うよ。みんなもいろいろ不満があるかもしれないが、お互いに話し合って、ストレス解消するんだよ。」

「うじゃ、また先生話聞いてくれっか?」

「いいですよ。」

するとと、いきなり山岡君が、

「先生、一つ聞きたいことがあるんだけど、教えてくれっか? 人間には魂があんのか?」と、尋ねてきた。

「山岡君、すごい質問するのね。この間、先生『荒野の泉』を読んだら、ルキアノスと言う人が、「真の富は魂のうちにある富だけである。」と言っていたから、あるのかもしれないね。」

「うーん、わかった。」と、走っていった。

非行の生徒が、自分の生命の実感を外に求めつつ、内なる魂まで考えていたのかと、はじめて思い知らされた。

ひとりひとりをみつめたら、みんなやさしくて、ひたむきな中学生である。いつでも、ゆたかな夢を生み、育てながら歩んでほしい。理想や夢も求めれば与えられる。理想の道は、そんなに厳しいものではない。一心に夢を追いながら、あきらめず一歩一歩求めて行けば必ず充実する光の道である、と、しみじみ考えさせられた。

# 4

# さしこむ光

## ・学年第一位になったよ

今日は、清掃コンクールの日である。魂をゆさぶる教育は清掃からとも言われているから、勉強も大切であるが、まず掃除を身につけさせたいと思い、私は意識を強めるために、

「今日は、学年毎に清掃コンクールの日です。みんなして協力して一位になりましょう。」と、言うと、

「特殊なんで、どうせ一位なんかなれめな。」と、天野が言う。

「そんなことないよ。きっととれる。必ずとれる。絶対とれると自分の心に誓ってやれば、とれるよ。」と、言うと、

「ほんとうだな、先生」

「ほんとうだよ、教育は清掃からはじまると言うし、また、教室がきれいなのは、みんなも気持ちがいいでしょう。さあ、手わけをしてやろう」と、言うと、みんなそれぞれ、窓ふき、棚ふき、床ふきをはじめた。花の好きなみよは、テラスのベンケイ草、アロエの植

木鉢に水をかけはじめた。

いつのまにか、みんな真剣に意欲的に清掃したので、床もピカピカに光り、第一学年第一位になった。

「先生、ほんとにとれたね。」

「何事も、本気でやれば出来るんだよ。」

「ほんとうだね。」

と、みんな喜びで一杯である。私は、これをきっかけに、どんな小さい事でもよいことに気づいたら、花丸をくれて、グラフにして競争させることにした。

すると、今まで気づかなかった窓あけや、教室の整理整頓にも目をむけるようになった。特に男生が意欲的にはり切り、村山一番、天野二番、田代三番となり、給食室の牛乳並べまで自主的に手伝うようになった。

他のクラスの先生方も、みんな落着いていい子になりましたね、と声をかけて下さるようになった。もう一息だ、頑張らなくてはとしみじみ思う。特殊の教育は徐々に重視されてきつつあるけれども、また、限られたごく一部の人や、一部の範囲のみにとどまり、学級全体からみて、この組織体制が確立しているとはいえない。生徒の真の幸福とは何かを追求しながら、ひとりひとりをよくみつめ、社会によりよく生きる人間としての必要性と可能性を求めて、最適な指導を試みてみようと決心した。きっと、数多くの未解決の問題がひそんでいるにちがいないと私は思った。校内暴力の高まる現在、この特殊教育の中に、真の教育の原点がひそんでいるような気がした。

普通学級の生徒達の言葉のやりとりや、しぐさを見ていると、なんと思いやりがないのだろうと、しみじみ考えさせられる。これは経済的豊かさに反比例して、乏しく貧弱になってしまったのか、思いやりの豊かさではないでしょうか？　としみじみ考えさせられる。何事も抑圧されて育っているせいか、思いやりの精神がうえつけられていないような気がする。

特に、特殊生徒は統合の能力が乏しいので、美術、体育、理科、技家だけは、普通学級の生徒と合科し共に授業を受けることになっている。しかし、なかなか打ちとけることが出来ず、暗いカラに閉じこもっていて、なんとなく胸がしめつけられる思いがする。

現在の日本は、知識一辺倒の教育に走り、人間教育を軽んじている現在、まず、おとなが人間味豊かな取り扱いを心がけていかなければならないと私は考える。これは、おとなたちの大きな課題であると思う。

## ・語りはじめた生徒達

朝早く、車を走らせ学校に向かった。野道にはコスモスが群をなしてゆれている。淡い紫と、赤と白、花びらがうすく、朝日があたると上の花びらの影が下の花びらにうつって、とてもさわやかな清楚な美しさをかもしだしている。空気や空が透明なことも、イワシ雲が眼に痛くなるようにまっ白いのも、すべて秋の色である。燃えあがる色でなく、ただただ透き通った澄みわたった色（秋）は完成の域に達した高貴な香りさえただよわせているように感じる。

今朝は朝会がないので、早めに教室に入って見ると、天野茂夫が

「先生、家に咲いていた花持ってきたよ。」と、はずかしそうに、テラスの方から新聞紙に包んだ菊の花を私に手渡してくれた。

「ありがとう、遠い所から大変だったね。」と言うと、

「あたりまいだっぺ」と、言う。

「じゃ、よいこと調べの票に花丸一つあげよう。今度は茂夫君が一番になったね。」と、

言うと、それを見ていた村山武夫も、

「先生、おれも去年のカレンダーなんだけど、きれいな花の写真だから持ってきたんだ。」と、コブシの花と、ダリヤの花の美しい絵を二枚持ってきた。

「ありがとう。すてきな写真だね。じゃ前と後ろに飾っておこう。」と早速、壁にはって花丸をつけた。それを見ていた、田代浩が、

「あした、おれも花持ってこよう。」

「私も。」と市毛ヨシが言うと、また、一郎が、

「佐竹だけは、貧乏だから花なんかないから、持ってこられないよ。」と、にくまれ口を言う。

「佐竹さんの家にも、野の花がたくさん咲いていたよね。この間描いた佐竹さんの赤、白、黄色のチューリップ上手に描けているでしょう。」と、後ろの掲示板をさすと、それを見た村山が、

「先生！　おれもよ、小学六年の時、学校から、赤、白、黄色の球根もらって、チューリップの花咲かせた事あるんだ。」

「そう、どんなふうにして育てたの」

「みかん箱に土入れて、こやしを少しやって、毎日水かけて咲かせたのよ。」

「そう、偉いね。でも毎年植えかえないと、だんだん小さい花になってしまうよ。」

「ああそうか、植えかえないから、小さい花になってしまったのか」と、村山は言う。すると、天野も、

「おれも、そのまま、学校からもらったの植えっぱなしだよ。」

「そう、みんな花を育てたことあるんだ。」と言うと、村山が、また
「先生よ。清水次郎長の住んでいた近くに、家の親戚があんだがんな……その近くに海があってよ、朝早く起きて日の出を見たんだけど、きれいだったよ」と言う。過去の美しい思い出が、教室の環境の掲示物の絵や、黒板の絵を見て追憶し、思い出を心によみがえらせているようである。

「そう、先生も伊豆に親戚があって、夏休みになると、お祖母さんに連れられて行ったことがあるけれど、海から朝日が昇る情景は、本当に美しくて、こうごうしくて、なんて言葉で表現していいかわからないくらいだね。」すると、天野が、

「そんなに、きれいなのかよ」

「きれいだよ。」

「おれも見たいな。」と、しきりにうらやましがっている。すると、女生徒が、しきりに、ポプリの作り方の話をはじめた。

「先生！　ポプリって知ってますか？」

「それは、昔、匂い袋といったものかな。」

「匂い袋ってなんですか？」と小野里美が質問してきた。

「花びらをとって乾燥させ、袋に入れたり、お人形の枕とか、胴に入れたり、また小さい入れ物に入れたりして、冬でも香りを楽しむものです。」と言うと、松原茂子が、

「私、今読んでいるんですけど、ここにポプリのお話が書いてあります。」と言う。私は、その本を見せてもらい、一気に声を出して読み出した。

「ポプリとは、フランス語の pot-pourri で、pot は壺を意味し、一般的には、壺あるいはびんに入れた香料のことをポプリといいます。

ヨーロッパでは、古くから香りに親しみ、庭や野原に咲く草花、葉、木の実など、香りのよい自然の材料を集めて、自分の香り、家の香りを作る風習がありました。

作った香りは、びんにつめたり、布袋に入れてタンスの引き出しにしまい、衣類に移る香りを楽しむなどして、その家、その人独特の作り方を大切にしていました。」と、書い

である。

「なるほどね、それじゃ、今度、みんなで、ポプリをつくろうか？」

「ハーイ。」と、ニコニコ笑顔でよろこんでいる。

休み時間、技能員の井村さんに出合うと、

「先生、この間、村山君達が技能員室にきたので、「おまえら、学校に来ての楽しみはなんだね。」と、尋ねたら、先生とお話しすることだよ。」と、答えたとのこと。

私は、しみじみと、教えることは希望を語り合うことからはじまるのだと言うことを、再認識させられた。

子どもの心は、澄んだ鏡で、ちょうどさざ波をたてて流れる小川のようなもので、相手をそっくりそのままうつす。じっと見つめていると、とってもやさしく温かく、すごい勇気が湧いてくるものだと、しみじみ考えさせられた。

## ・後輩に心の口かけしていって

三年の階段の下に、今日も数人授業をさぼり遊んでいる。廊下には、煙草のすいがらがたくさん落ちていた。私は歩みよって話した。

「みんなにお願いがあるんだけど、小さい親切をやってくれないか?。」

「どんなことで」

「後輩に、シンナーやるな、万引するな、家出はするな、煙草は吸うな、となんでもいいから、指導して行って下さい。」と、言うと
「おんらの言うこときっこないよ。」

「どうして。」

「煙草だけは絶対やめないよ先生。小学三年の頃からやっているんだもの。」

「ええ小学三年生から?」

「そうだよ、すわないと上級生に煙草の火を手に押しつけられるから、みんなやったんだよ。」

「そうなの、でもね、先輩の言うことは、先生以上に身にしみるものなんだよ。」

「なんでそんなことわかんで…」

「先生のクラスの男生達、こんなこと言ってたよ。先生よ、バクチクやったり、オートバイ乗ったりしている先輩達も、悪い人達ではないんだよな。おんらに三年になっても悪い

ことはするな…と注意してくれたもの、だから、おんら卒業式に花束おくるんだよ。と喜んでいたから…」

「うーん、じゃ、おんらも後輩に注意してやっかあ。」

「そうして下さい。先生は、この町は第二のふるさとだけど、みんなは、第一のふるさとでしょう。だから、きれいにして巣立っていって欲しいの。」と、言うと、

「わかったよ先生、まあ、言うだけ言ってみるよ。」と、承知してくれた。

「それから、担任の先生にも、心から感謝の言葉をのべて卒業しなさい。先生って、教え子のその一言で、心のむなしさが晴れるものなんだよ。」

「わかったよ先生、おらほうじゃ、学級費の余ったので、花束贈ろうと言う事になっているよ。」

「そう、すばらしいわね。そう言う温かい気持ちが大切なのよ。人間が生きていく上で、一番尊いものなのよ。わかった。」

「ようくわかったよ先生」

「先生には、散髪の金までもらってしまって迷惑かけたよな。」と素直である。

「そんなことないよ。」と私は答えつつ、あんなにあばれまわった生徒達の変りように、

まったく驚きで一杯だった。子供の価値観の確立こそ非行からわが身を守らせる強力なタテではないだろうか。子供の問題も欠点も、先生の扱い方や指導と深くかかわっているように思えた。

今は、心にゆとりがないせいか、大きな値打ちのあるものを見落として、いい忘れて欠点ばかり拾いあげ、大人がダメな子、できの悪い子と決めてしまい、夢も期待もなくしてしまっているように思える。子供は、場面も変われば行動も変わるものであるから、よく話を聞いてはき出させ、対応してやる事は大切だと思った。そして純な心を打ち砕かないようにし、良い点はほめて、希望や意欲をもたせ、悪い事は悪いと指導して、しっかり子供に伝えてやりたいものであると思った。

ふれあいの中でこそ学びがあり、そして対応しだいで子どもはもの分かりいい生徒に変身するのだと言うことが、体験を通して知ることが出来た。子供を育てあげるには、根気のいる毎日の絶えざる励ましと、努力が必要だと反省させられる。このたゆみない努力の継続こそ、私は厳しいものだと思った。厳しさとは、大声でどなることでも、なぐることでもなく、親が、先生が子どもの指導に、どれだけ心をかけながら、目かけ、口かけして尽くしたかであると思う。

## ・夕食会での会話

教え子の経営するレストランに、給食の仕事をしている立野さんの車と私の車の二台に、三年の非行少年だった生徒をつれて、夕食会に連れていった。それぞれ子供達に好きなものを注文させ食事した。苦労して来た立野さんは、時々、おにぎりを作って生徒達の母親の役割をして来た人である。席につくと、しずかに、

「お風呂の中に板を入れて前に押すと、温かいお湯が、手前にくるように、言葉も同じなんだよ。馬鹿っていえば、デレと反発してくるように自分に返ってくるんだよ。」とやさしくさとす。私も、

「みんなに聞きたいんだけど、自分にとって存在とはどのように考えているの、親、先生、親友、そして自己との対立。誰も自分にとって、かかせない人になっていると思うんだけど、その中で、一番、重要な位置を占領していたのは、いったい誰だったの。」

「三年を振り返って、周囲の人の存在というものの強さを深く知らされたような気がするけど、しかし、疑問も一杯です。」

「おれの生活は、学校が大部分を占めていたけど、あまりにも、心のふれあいというものが少なかったと思います。ただ、先生から勉強を教えられ、生活態度を正されるだけで、だから、私達は先生というものを敬遠してきてしまったような気がする。」

「おれも、先生と生徒の意見を出し合えるような、そんな心の会話がほしかったと後悔しています。でも、先生や、給食のおばさん達や技能員の井村さんなどには、心の栄養となるものを与えられ感謝しています。」

「先生は学年が違うので、あまり、アドバイスなど出来なかったけど、立野さん、井村さんなど、よく世話してくれたでしょう。」

すると、立野さんが、

「私など、あたりまえのお世話しか出来なかったけど、あなた達の重要な位置を占めたのは、親友じゃないの。心配事や、悩みなども相談にのってくれた友、さわぎまくった友、好奇心でいたずらをした時、いつもいっしょだった友じゃないの。」

「たしかに、私にも忘れられない友がいます。学力中位、運動も普通、そして性格明朗。はっきりいって、この人との時間には、無駄が多かったけど、優しさや、強さなど教えられ、この友の影響は大きく強いものがありました。」

「おれは、まだ、親友は見つかっていないけど、これから心の友を長い目で見つめていきたいと思っています。」

「おれらの前には、受験という大きな壁があってこれから、これを体験しなければならないよ。」

「でも、勉強勉強という、うんざりした毎日かもしれないけど、また、そのために、無理に気張って生きるなどということは、したくないよ。」

「おれも同感だよ。」

「これから、大人達の冷たい言葉などで、打ちのめさせられることなどもあるかもしれないけど、生きて行く過程で絶望した時などきっと親友など慰めてくれるでしょうし、自分も存在するものに、無関心で通り過ぎないようにしなくてはならないね。」

と、話し合っているうちに、それぞれの食べものが運ばれてきた。みな、おいしそうに食べはじめた。すると、突然
「先生、しばらくです。今日は何人でいらっしゃったのですか。」

「十人できたのよ。」

「そうですか。」

「原口君こそ、今日は何に…。」と尋ねると、

「今、ここに勤務しているんです。」と、カウンターの方へ戻った。

やさしい子で、チョイチョイ私に話しかけて来た生徒である。

「先生、おれ次男なんだけど、兄ちゃん百姓やだって言うので、おれ家をつがなくてはならないんだよ。」

「そうなの、えらいね」

「でもよ、今農家は機械を買うのが大変なんだよ。」

「そうだろうね。なにもかも今、農家は機械だものね。」

「でも、畑や家をもらうんだから、兄ちゃんには米だけは食うだけやるんだ」

「えらいね。その心がけは大切ね」

「でも、畑はそんなに大きくないから、勤めながら畑もやるつもりなんだ。」と言っていた生徒だった。

帰りレジで会計をすますと、

「先生、これおいしいから、持って行って下さい。」と、ケーキの箱をさし出した。

「こんなことしなくて、いいんだよ。」

「いや、先生には、いろいろ相談にのっていただいたので、気持ばかりのお礼です。」と、言う。

なぜか、昔のことを思い出し、なつかしさで一杯だった。

そして私は、遠い昔のことが走馬灯のようによみがえってきた。

私が教員試験を受ける時、水戸の親戚の家に一泊させていただいた。ご主人様は立派に指導主事や、校長、大学講師などを続けられ、優秀な二人の息子たちを医者にした方である。

夕食の時、奥様が昔を思い出すように話し始めた。

「私が茨城師範に入学したいといった時、両親が、女は針仕事を習って嫁にいくのだから、学問はいらないと大反対だったのよ。それで私は説得力のある孝子さんのおばあさんにお願いして、師範に入学することができたの。すばらしいおばあさんだったわ。だから私は学校を退職してからも、依頼された市の幼稚園の園長を続けて奉仕しているのよ。地元で教員をしている弟も、しみじみいっていたわ。おばあさんに、人見て法説《と》け、といわれたと。花にも色とりどりの香り、形の違ったのがあるように、人間も十人十色だから、その人をよく見てお話ししないと失敗するからね、という、含蓄のある言葉よね。」

こうして私は大好きな祖母の偉大さを、また知ることができた。

## ・クラスのパーティー会

今日は、クラスのパーティー会を開くことにした。いつも、いろいろとお世話してくれる技能員の井村さんと、学年担任外の講師である川上千香先生を招待した。二人とも、いつも弱い立場にある子供達に、目をかけ、口をかけて下さった方である。折紙でテープをつくり、入口と黒板に波のように飾り、中央にカトレアの花を飾り、ケーキを切って、準備する。すると、井村さんが、バナナの包みを持参して入って来た。みんな拍手で迎え、男生のつくったオートバイをプレゼントする。井村さんは感激で一杯の様子、続いて花束贈呈。少し、遅れて川上先生が入ってこられた。やはり、赤いオートバイに花束を贈呈する。ささやかではあるが大変喜んで下さり子供達大喜びである。いよいよ待ちに待ったかくし芸がはじまる。

松原茂子が創作した童話を、長沼みよが紙芝居にしたもので、題名は「お山は大さわぎ」である。二人並んで交替に披露する。続いて小野里美と佐竹ふみの「天地創造」の紙芝居である。純なる子供でなければ出来ない天使のような絵である。最後に、村山と天野・田代が切り絵でつくったモチモチの木である。とりどりの色でセロハンを切り、葉をつくったので立体的である。大人も舌をまくほどである。最後に、松原茂子と市毛ヨシの「ダンスはうまくおどれない」の創作ダンスである。黒の半ズボンにワイシャツにネクタイの王子様と、ワンピースを花でかざり美しい冠のお姫さまの衣装のいでたちで、すばらしいダンスを踊ったのには、皆、驚嘆してしまった。井村さんは、パチパチと写真をたくさん撮ってくれた。そして、昔を思い出しながら、一曲唄ってくれた。

肩を並べて土を踏む
母校の庭はあと少し
岡の校舎は優しい友よ
名残りの春日《はる》の淋しさよ

なぜかしんみりとする。川上先生は、出授業がある為帰られたが、みんな、喜びに満ちた笑顔である。パーティーが終わり職員室にもどると机の上に四つにたたんだ紙が置いてあった。そっと、開いて見ると、井村さんからのお礼の手紙だった。

きちんと整理された室内は別世界のようなものがありました。一人一人の努力が、このように表現できるのは、良き先生の指導があるからだと思いました。まさに、此の師ありて此の子等ありの感、また創作童話の紙芝居が未知の世界を作り、自分がその中に入っているように作ってあり、特に、創作ダンス、今まで十数年間の学校生活の中で種々な事があったが、しかし、特に今日のこの子らの姿が俺の一生の消えない感銘の日でした。

本当にクラスの発表会を心から喜んでいただけて、ありがたいと思った。

また、川上先生からは、竹の花かごが贈られ、小さなカードが中に入っている。開いて見ると、

短い講師の期間ではありましたが、私にとっては貴重な日々でした。半人前の私に、あたたかい御指導をありがとうございました。離任の際のお心遣いも重ねてお礼申し上げます。教育に対する先生の姿勢は見習っていきたいと思います。いつも、前向きで熱心で、

また、お逢いできるよう頑張って勉強します。どうぞお元気で。

なんと、若いのに心のとどく人なのだろうと感心するばかりであった。はじめての特殊を担当し、無我夢中であった私自身である。

子どもでもなく、また、おとなでもない中学生の心のひだに触れてみると、子どもたちは生の意味を純粋に問い、そのよりどころを真面目に求めていることがよくわかった。

そして、未知の世界への限りない好奇心、ちょっぴり芽ばえた反抗心、また、こわがり、さびしがり、やさしさなどの感情傾向が目立つ。

私は、この子どもたちに心から希望を持ち期待をかけている。おとなが、子どもたちの自由を大事にのばすところに、創造性のもとが育ってくるのだと思う。

子どものもって生まれた個性を見つけ、長所をのばして人間としての生きがいを持つような生活ができるとしたら、本当にすばらしいと思う。

そして、子どもたちの持って生まれた情緒を大事にして、豊かな感情や夢を、子どもたちの心を傷つけないように育てることに専念していきたい。

豊かなみずみずしい感情を育て、この大切な時期に自然の美しさ、大きさを感受させ、より人間味ある子どもにするには、何よりも共に暮らす、大人の感情や態度が大きな影響を与えるのだと思った。

# 5

# 心がひらくとき

## ・中学の卒業式

校庭の桜が満開となり、コブシの花が咲き、春が再び戻ってきた。今日は、卒業式である。小雨の中を和服に着飾ったお母さん方が、ぞろぞろと校内に入ってくる。私は、天野がカッパを盗まれたらしいので探して下さいとの電話があったので、雨の降る中、自転車小屋を一つ一つ見てまわった。しかし、新しいカッパは見あたらない。今までカッパを着用していない生徒が持参しているとのことが耳に入ったが、どのように調べればよいか見当がつかない。荷かけにもないし、私は思い余って、その担任に話すと、「側面から聞き出します。」と、言ってくれたが、本音を引き出すことは出来なかった。しかし、罪悪の念はかくしきれなかったとの事を聞き、解決はしなかったが、そっとしておくよりは、少し前進したのではと思った。

いよいよ、体育館にておごそかな式がはじまる。担任の呼名で、一人一人壇上に登り卒業証書をいただく。私は、この二五〇名の生徒達にどんな言葉をかけたろうか？　順々に校長の前に歩いて行く顔々を私は追いながら回想した。

「赤城一郎君」「ハイ」

「苦しみが大きいだけ、喜びも大きい。その一言が励みになりました。」と言う。家庭内のいざこざで、その暗さのため何かに反発し、自己と闘っていた一郎君。

「石川義夫君」「ハイ」

彼は、「家ではみんなで食事ができません。」と、私に教えてくれた生徒である。夜業の働きが思わぬトラブルの原因を生み、両親へ反発を続けた生徒である。

しかし、子の為に夜まで仕事をしている事を知り、みごとに変身した。現代は、共稼ぎが増えて、両親も時間のゆとりがないせいか、親と子の生き生きとした心の交流が少なくなってきた。そして生活のリズムも不規則になり、つい子供の心を傷つけるような行動をしてしまうことがある。しかし親の心、子知らずであることが多いと思う。自分のしているることをみつめながら、反省しながら、正しく生き一歩一歩進んで欲しい。幸福とは一日を精一杯いきること、たしかに苦しいかもしれない。でも、自分で得るものがあるはずである。それは、自分を高めることでもあるのだから、どうぞ、どんな人にもつくせる人間になってほしい。そして、よい事をしてもらったら、それを倍にしてかえす、心がけは忘れないで欲しい。

「内田広之君」「ハイ」

あなたは、友だちってなんだろうと真剣に考えていましたね。環境がみな違うせいか、クラスの中にはさまざまな人間関係がある。親友でもあり、ライバルでもあり、また、異性の問題といろいろ複雑で悩んでいましたね。あなたはなにもかもわかっていても、素直に表現できないものがありましたね。いろいろな女性と交際しているのを見て、私は校庭で、美しい青春だから美しく生きよう。そして春の花を見つめよう。よりすばらしい相手を求めるために、花はより美しく咲く、動物達は、よりすばらしい相手を求めるために血みどろの戦いをくりひろげる。そして、人間は、健康でおおらかなすばらしい人に心引かれる。自分が相手により、すばらしいものを求めるなら、自分もそれにふさわしい豊かな人間性を備えねばならない。この若い日々に自分を鍛え、高めること、これこそ豊かな未来を約束する大切なことではないか…と覚えているだろうか?

「栗田仁君」「ハイ」

孤独に負けましたと言う仁君。峠に立って登ってきたなつかしい道を振り返り、これから進んでいかなければならない、厳しい道を前にして、煙草、シンナー、オートバイに走り、悪いとわかってもいつのまにか集団に流されて、自分を見失う悲しい場面がありましたね。何度か警察に呼ばれ、自分自身を見失っていた時、ふと昇降口で声をかけた事がある。仁君、覚えているだろうか。どんなに苦しいことでも、十日間耐えれば持ちこたえるものです。他人は善いことも悪いことも、他人のことは心にとめていないから、みんな気にしていないし、忘れてしまうもので、むしろ、敵は自分の心の中にあって、コンプレックスや、こだわりが自分の心を暗くするのだから、人が何を言っても言わせておきなさい。心が満たされていないから、いろいろ言うのだろうけれど、言えばわびしさのみが心に残るもので、いつも、よい事ばかりないように、いつも悪いことばかりもないから、希望をもって生きましょう。

「坂口功君」「ハイ」

「一年の時の先生のお話が励みになりました。」と、言う。

「勉強も、仕事も決して楽しいものではありません。その苦しみを乗り越えていくことが大切です。遊びたい、のんびりしたい、休みたい、眠りたい、などの誘惑は山のようにあるでしょう。それらにいかに耐えて進むかが人生の勝負のわかれ目です。」

「谷村正和君」「ハイ」

国語の時間、人は、多くの人の感化によるのだから、色々な人のよい点を吸収して成長してほしい。あなた達は、二度とくることのない人生の中でも尊い日々の中にいるのだから…など、語り合った生徒である。

今日の卒業式で、なんといっても悲しいのは、水戸の施設から、卒業式までに出所出来なかった朝倉一男のことである。行動が悪く、乱暴であったが、心はやさしい子であった。いろいろな問題が山積していてその重荷につぶされてしまった。早く務めを終えて、やさしい、明るい生徒に戻ってほしいと心から願っている。

## ・母との再会

今日は、土曜日のせいか学活が終ると、皆一斉に部活動に出て行った。教室だけはシーンとしている。すると、事務の井村真弓さんが、

「先生、お客さんが見えています。」と、私の教室に呼びにきた。

「誰だろう。」と、玄関に行って見ると、十五年前に国語を教えた中畑実君だった。立派なりりしい青年に成長していた。この生徒とのつながりは、母の日に書かせた一編の詩である。「おばあちゃんの手」という作品であった。

ゴッシ、ゴッシ水にもまれながら
食器をあらうおばあちゃんの手
あらい終って
ああ終ったといいながら
一ぱいのお茶をのむ
その手はしわくちゃで
うすい皮がひかっていた

私は、あの時、この詩を見て母のいないことがわかった。主題を母に取り組ませたのに、主題がちがっていたからである。さっそく、担任に尋ねると、やはりいないことがわかった。そこで、私は、素直に、

「中畑君、ごめんなさい。先生両親揃っているものだから、ついよく考えもしないで、題材をお母さんにしてしまって……。」

と、心からあやまると、

「いいんです。」と、笑顔でさわやかに答えてくれた。この短い詩の中に、家庭のことや、子どもの心理まで判断でき、やるせない気持ちだった。

ある、日直の日、私は朝早く電話を受けた。

「今日は、部活やってますか?」

「今日は、どの部も休みですが、どちら様ですか?」

「中畑実の身内のものです。失礼しました。」と、電話が切れた。それからまもなく、中畑君が、私の日直を知って職員室に入ってきた。私は今の電話のことを話し、もしやお母さんとは生き別れではないかと尋ねると、

「そうなんです。父が事故で死んでしまったので、母は、ぼく達に会わない約束で一歳の妹をつれて再婚してしまったのです。おばあちゃんは年をとっていたので、五歳と三歳の僕達は下舘の施設にあずけられ、淋しい生活を送ったのです。ですからゆるす事はできません。」

と、怒りに満ちていた。

「そうだったの、でも、お母さんにして見れば、三人の小さい子供達にかこまれ、どう生きて行くか悩んだあげく……そうせざるを得なかったのではないかしら……今はゆるせな

くても、大きくなったらゆるしてあげなさいよ。」と、声をかけた生徒だった。

私は、宿直室に案内し、お茶を出した。そして昔を回想しながら、

「お母さんに逢うことはできたの。」と、言うと、

「ハイ」と、言いながら、真珠のような涙が溢れていた。

「お母さん元気だった。」

「ハイ。病院の栄養士をして働いていました。妹は、高校一年生になっていました。再婚した人も亡くなったそうです。母も苦労したとみえて、かなりやせていました。」

「そう……」

「自衛隊も、もう少しで年期が切れるので、就職をかえて、母にも親孝行するつもりです。」と、希望に瞳を輝かせている。

「そう、よかったわね、先生も気にしていたのよ。どうしたかなと。やしの実は、真っすぐ伸びて実がなるけど、恵みは少ししか与えられないでしょう。それに比べて、梨は枝をたくさん広げて実をならして、多くの人に恵みを与えるでしょう。これと同じように、兄妹仲よくして、美しい実をならし助け合って生きられるということは、すばらしいことなのよ。」と、しみじみ話すと、

「先生、やっぱり来てよかった。まだ家にはよっていないのです。おじさんの車をかりて、まっすぐ先生の所に来たのです。」と言う。私のほんの一言だけかけてやった言葉が、この生徒の胸に長い間残っていたのかと、なぜか胸がしめつけられそうな感動を覚えた。

## ・先生の涙に感動して

中学校に新採で赴任し、最初に受持った学年の同窓会が開かれた。一級建築士になって活躍している人、造園業を経営している人、農作物や、梨栽培で活躍している人、公務員になっている人、銀行員になっている人、小・中・高の教師になっている人、中には管理者になっている人もあり、全員輝くばかりの成長に驚くばかりである。

すると、書家になった栗野さんが、新聞を持って来て開きながら

「私の入選した書が掲載されました。」と、言う。私は、新聞を見てそのすばらしさに驚いてしまった。

「どの字も、生き生きしていて、すばらしい筆使いね。構成もすばらしい。」と感嘆してしまった。

「ありがとうございます。中学の時、上野美術館で開かれた金蘭書道会主催に、先生が書道部全員を出品し入選したのがきっかけで、書の道に入りました。」と言う。

するると、そこへ、おとなしくて真面目だった亀田二郎がなつかしそうに近寄ってきて、

「先生、お久しぶりです。今、僕は教師になっています。そのきっかけは、中学一年生の時、いやがらせをされていた佐川さんを、先生が涙を流しながら、誰も知らなかった病気のことを説明してくれた時です。僕はこの時、先生が涙を流して情熱こめて指導してくれた姿に感動して、このような先生になろうと決心したのです。」と言う。

「そうだったの……とにかく教師は、子どもと共に見、子どもと共に聞き、子どもと共に考え、子どもの心の中にとけこむことが出来る人になって欲しいね。」

「僕も、まったくその通りだと思います。」

「今までの先生は、あまり偉い先生が多かったような気がします。子どもの愛情の中に溶け込むことの出来ない教師は、本当に寂しいと思います。」と、語りながら、私は、昔のことが走馬灯のように浮かんで来た。

中学一年の家庭訪問をした時、佐川さんの母親が、子供の病気のことを、しみじみと私に語ってくれた。

「私の娘は、便と、小便が出るのがわからない麻痺している病気を持っているため、友達に指をさされて、くさいくさいといやがらせをされるようなのです。それで、子供は病院に行くからなおしてと言うのですけど、今の年齢だと成功率は低く、生命もあぶないと医者は言うのです。二十歳頃になれば成功率は高いので、それまで耐えようと思っているのですが、友人にいやがらせをされると、死んでもいいから、お母さんなおして……と言うので、私、本当に辛いのです。中学生になると、出る量も多いので、お昼休みおむつを取りかえに行きますので、保健室おかり出来るとありがたいのですが…。」

「わかりました。でも、毎日では大変ですから、私でよかったらお手伝いしますけど…。」

「とんでもない。先生にそんなことさせたら、ばちがあたります。それから、勝手なお願いなのですが、道徳か、学活の時間で結構ですから、娘を休ませますので、その時、クラスの人達に病気のことお話していただきたいのです。」と涙を浮かべて私に語ってくれた。

たしかに、佐川さんの座席の後の男生が、自分の鼻をつまんで、佐川さんを指さしながら、くさい、くさいと叫んでいたことがあったが、そう言うことだったのかと知り、私は佐川さんが欠席された日、早速、道徳の時間を利用し生徒達に佐川さんのことを話した。

「佐川さんは、苦しい病気を持って生きています。それは、大便小便の出るところが麻痺していて感覚がないのです。現在手術すれば成功率は低く、生命もあぶないと医者に言われているそうです。でも、友人にいやがらせをされると、泣きながら、死んでもいいからなおして……と言うのでお母さんは、娘の痛む心がわかるので、本当につらいと語りながら、娘の病気をクラスの人達に話していただいて理解していただきたいと、先生は依頼されました。自分がもし、病気を持っていて、いじめられる立場になったら、みなさんはどうしますか？　誰でも、悲しくて、辛くて、佐川さんのように死んでもいいからなおして……と親にうったえるでしょう。うったえられた親は、自分こそ死んでしまいたいと思うほど、悲しい、辛い思いをして生きていかなければならないのです。相手の立場に立って物事を考えられる人になってほしいと思います。

強い人って、どんな人だとみんな思いますか？

けんかに強い人をいうのでしょうか？

それとも頭のいい人をいうのでしょうか？

もしかしたら、どんなときでも

自分を守りとおせる人を指すのかもしれません。

でも、本当に強い人というのは、
バスで席をゆずるような
雨にぬれて、こまっている人に
だまって、かさをさしかけるような
そして、小鳥のお墓にお花をあげるような
そんな、心のやさしい人を言うのだと先生は思います。
先生は、心とは澄んだ鏡だと思っています。
相手をそっくりそのままうつす。
でも、心って、ただの鏡じゃないですね。
じっと、見つめていると
とっても、やさしく、温かい
すごい勇気が湧いてくるのです。
だから、ゆたかな心の人って
美しいものをたくさん鏡にうつすのだと思います。
心の中に、いつも太陽が

キラキラかがやいている人になって下さい。
そして、人の心の痛みをささえられる人になって下さい。」

## ・心のプレゼント

私は、社会教育主事として行政に出ることになり、今日は、いよいよお別れの日である。

すると、小山弥生先生が静かに私の教室に入って来られた。

「いよいよ先生お別れですね。私、お願いがあるんですけど…。」

「なんでしょうか?」

「あつかましいんですけど、先生の机の後ろの壁にさげてある

日の光浴びて咲きたるたんぽぽの花踏まれしことも黙《もだ》ししままに

の色紙いただけないでしょうか?　私、この短歌を心の糧にしたいのです。」と、言う。

「古い短歌だけれど、よかったらさしあげますよ。これは祖母が私が小さい時、「タンポポの花は、踏まれても踏まれても、いつか必ず芽を出して、いつも太陽に向かって花を咲かせるから、根っ子は長いのだよ。」と、教えられ、私、タンポポの花のように踏まれたことは黙って心の栄養にしてきたのよ。ストレスがたまると、病気になってしまうものね。」

「まったく、先生の言う通りよ。私、少し耳が遠くなったので、生徒達が、つんぼつんぼとあだ名を言うので、じっと一人で耐えていたのよ…　退職しようなかあと何度考えたかわかりません。」

「そうだったの…。とにかく弱音をはかないで、お互いに頑張りましょうよ。」

「ありがとうございます。元気をいただきました。」と、先生は笑顔で色紙を胸にだいて教室を出て行った。

するとクラスの生徒達がカーネーションの花束を持って入って来た。

「先生、いろいろお世話になりました。」と、松原茂子が花束を持って来た。

「私は、ガラスの指輪です。」と、佐竹ふみが手渡した。

「私は、ベッコウのピンドメです。」と、小野里美が手渡した。

「小さなローズ色のポットです。」と、市毛ヨシが手渡す。

「ありがとう。こんな立派なもの、いただいてしまって、いいのかな……。」と言うと、

「つまらないものですけど、私達の気持ちです。昨日の日曜日、みんなして、下舘市のデパートまで行って、買ってきたのです。」

「それは、大変でしたね。ありがとう。」と言っていると、村山武夫が、手作りのオートバイを持って来て、

「おれは、先生、今まで作った中で、一番大きいのもらってくれっか。」と言う。

「これは、日数がかかって大変だったのだから、小さいのでいいよ。」と言うと、

「おれは、作っている時が楽しいんで、出来てしまえばいいんだよ。」と言う。すると、天野茂夫も、

「先生、おれは赤いオートバイくれるよ。」と、言う。

「こんなすてきなオートバイ、いいの。」

「いいよ。みんな先生につくらせてもらったオートバイだも。」と言う。

田代浩は、

「おれは自転車、小さいけど先生もらっておくれよ。」と言う。

「みんなの宝物先生もらってしまって、悪いね。大事にして飾っておくよ。」と、なぜか、目がしらが熱くなった。

「では、先生からの、プレゼントもらって下さいね。先生は、郵便通帳と印鑑をプレゼントします。みんな学校卒業して、働くようになったら、一万でも、二万でもいいから、この通帳に貯金していって下さい。そうすれば、病気になった時なども、そのお金でお医者様に、よくみてもらえるし、また、オートバイや、車など買う時も、楽だから実行して下さいね。」

「ハーイ」

「わかりました。」

みんな素直である。すると、金沢洋が入って来た。小さい箱に入ったつつみである。

「先生、いろいろご指導ありがとうございました。家に帰ってから開けて下さい。」と言う。金沢君は、喘息があり体が弱い子である。小さい時母親が死亡し淋しい家庭であった。

「金沢君、その後、喘息は大丈夫ですか?」

「ハイ、先生の作ったお守り、いつも胸にいれておくので、余り息はでません。」と言う。

「そう。よかったね。先生、このみかん箱に、ティッシュ入れとか弁当箱の包み等作ってきたから、仲間の友達にわけてくれる。」

「ハイ、わかりました。」と、教室を出て行った。

家に帰り、金沢洋君の箱をあけると、桐の箱から真珠の首飾りが光った。お母さんにプレゼントしたい思いで私にくれたのであろうか……ジーンと熱いものがこみあげてとめどなく涙が出てしまった。

## ・先生、漢字教えて

急に春が、私達を包んでくれているように感じる。水仙も日ごとに芽をぐんぐん伸ばしている。窓辺より眺める筑波の山も、日毎に靄が濃くなって、見えない日が多くなった。

校庭におりて、猫柳の芽をつまんでみたら、もうふっくらとやわらかい、銀色の肌を見せている。この一年間いろいろなことがあったけど、春は昨年と少しも変わらず、私達を温かくつつんでくれている。

私は、朝登校すると、毎日筑波山をながめない時はない。かすんだり、光があたったり、シルエットになったり、日々に姿は変わるのだけれど、その美しさは、少しも変わらない。

　昼休み、校長室で書きものをしていると、岡村先生がドアを開け、

「校長先生お客様が、玄関に来ております。」

と、言うので行って見ると、特殊学級の天野茂夫だった。明るい藍色の背広を着て、

「先生、しばらくです。」

「まあ、大きくなって…なにで来たの？」

「おれ、車の免許とれたので、二千ccの車買って乗ってんだよ。」

「え丶、偉いね。」

「何回も失敗したけど、一生懸命やったら合格したんだよ。」

「先生、今日先生にお願いしに来たのは、おれ、中学時代、なまけていて、少しも漢字覚えなかったので、今からでも少し教えてもらえっかと思って、先生を探したんだよ。」

「なんで、今ごろそう考えたの……」

「これから結婚して、子供が出来たら、子供に笑われてしまうと思ってよ。」

「なるほどね、実は今日、吉田瑞穂先生から、『漢字の森』と言う、漢字辞典二冊送られ

て来たので、じゃ一冊プレゼントするよ。これは色別で書き方が示されているから、簡単に覚えられるよ。一日、一頁ずつ覚えれば、一年で全部出来るようになるよ。」

「じゃ、おれ真剣に練習します。」

「少し厚い辞典だけど、あきなければ覚えられるよ」

「おおよかった。おれいい時来たよ」

「そうだね。ところで中学卒業して何年になるかね」

「先生、丁度十年だよ。」

「もう十年過ぎたのかなあ。」

「おれは、最初、ラーメン屋の皿洗いからはじまったんだよ。最初は一か月五万円だったんで、三万食事代に家へ入れて、二万円は先生にもらった通帳に貯金して行ったんだ。だから、車買えたんだよ。」

「偉いね」

「先生が教えてくれたんだっぺよ。」

「そうだったんだね。」

「ところで、村山君はなにをして働いているの。」

「水道工事だよ。将来社長になってやると言ってるよ。大きいトラック動かして、おれよりたいしたもんだど。」

「そう…田代浩君は、どうしているか知ってる?」

「浩君も、車の免許とってしまったよ。」

「あら、そうなの、みんな頑張ったんだね。」

「浩君は、家が電気屋だから、家の手伝いしているよ。」

「そうなの…女の子達はどうしているかね。この間松原茂子さんと、マーケットで出逢ったら、習いものしていると言っていたよ。結婚はまだだけれど……おつきあいしている人はいると言っていたよ。」

「洋裁学校へ行った小野里美さんは、八千代町の方へ嫁いだそうだけど、あとは知らねよ。」

「そう。みんな成長して、先生うれしいよ。」

「先生だってすごいよ。おれらが教えてもらっていた頃は、篠山先生は影の校長先生だと、先生ら言っていたけど…、今は、本当の女校長だもの…おんら受持ってもらって鼻高いよ。」

「先生も、みんなに負けないように頑張らなくてはならないね。」

「じゃ、先生漢字覚えて、また報告にくるよ。」

「待ってるよ。車には充分気をつけるんだよ。スピードなど出さないように、常に頭に入れておきなよ。」

「わかりました」

「みんなにあったら、よろしくね。」

「ハーイ」

と、さわやかな笑顔で、大きい白い二千ccの車を動かし去って行った。

昔から、二十過ぎれば、みな同じ…と言うけれど、本当に努力すれば可能なのだと、しみじみ考えさせられた。私の祖母が、口ぐせのように、「人間には、無限の可能性があるのだから…」と、言っていたことが、本当に理解出来た。

特に教師は、生徒の話をよく聞いて、生徒の心の深部にあるやみを掘りおこして導いていくことが、自我を豊かに形成していくことだと思う。

私は、くらやみの荒れる世界に入って、生徒達とのふれあいを求め、はじめて共通の話題が必要であることを悟った。そして、幼い魂を自分の事物につなぎ、花と鳥と動物などは、自分達の友達であると言う事を感じるようになった。

そして、万物から教えと暗示が与えられるのだということを学び、いつのまにかほのぼのとした光がさしこみ、さまざまな出会いの中で、生徒ひとりひとりの心の扉が開かれた。そして人には、それぞれの個性があり、生徒達にも、それぞれの好みがあった。

自然から作文、植物から詩、動物から挨拶、工作から技術、勤労から喜び、詩から心、作文から言葉、絵から色彩、童話から創作、演劇から表現、歌声から楽しさ、と、言うように好きな分野を通して驚くべき変容をとげた。

# エピローグ

「教育は、共感であり、共鳴である。自然の大切さ尊さを知ることによって、人間は純粋さや、神聖さを知ることが出来る。」と、言う事が実践を通してわかりました。

発達障害の生徒達を担当して、はじめて、私は教育の原点がここにあったと叫びたい気持ちです。たとえ、障害があっても、広く豊かな愛情で生徒達をすっぽりと包んでしまえば、意欲の小さな芽は育ち向上するのです。このような生徒達を今まで捨てておいた大人の愛の手抜きをしみじみと悟らされました。

私は、この生徒達とのふれあいを深めるために、一緒に車で遠出して、心のひだにやさしく触れてみました。子どもでもなく、また、大人でもない生徒達は、生の意味を純粋に問い、そのよりどころをまじめに求めていることがよくわかりました。

そして、未知の世界への限りない好奇心、ちょっぴり芽ばえた反抗心、また、こわがり、さびしがり、やさしさなどよく知る事が出来ました。

親も、教師も、子どものもって生まれた個性を見つけ、長所をのばして、人間としての生きがいを持つような生活ができるように、指導しなければならないと思います。子どもたちの持って生まれた情緒を大事にして、豊かな感情や夢を、子どもたちの心を傷つけないように育てることに専念しなければなりません。

豊かな、みずみずしい感情を育て、この大切な時期に自然の美しさ、大きさを感受させ、より人間味ある子どもにするには、何よりも共に暮らすおとなの感情や態度が大きな影響力をもっています。

それには、まず、おとなが人間味豊かな取り扱いを心がけてやらねばなりません。今日の子どもたちを、どう伸ばしていったらよいか、これは、大人たちの大きな課題であると思います。

しかし、今日の中学時代は、学力づくりや競争に明け暮れ、かんじんの『人間づくり』が空白になりがちです。だから、今こそ、親も、教師も、目かけ、口かけ、あたたかい愛で支えなければなりません。温かい、多くの支えによって、発達障害の生徒達も変身するのです。

教育は、『人格づくり』が目標であり、『人づくり』こそ、その本来のねらいであるはずです。ですから、子どもたちに、自分の生活を反省させ、ものの見方、考え方を深め心情の陶汰をはかることは大事なことだと思います。

目のまわるような、動的な発育ざかりと言われるこの中学時代に子ども達のうちにかくされている、あらゆる能力が種々の方向を目指して、生き生きと伸び出しています。その芽をつまないように育てて行きたいものです。

いつまでも、幼な子のような、美しい魂が消えませんように、夢が更に大きく広がって行きますように、願っています。

日々思ふことはひたすら教え子の
清き瞳の無垢であれよと

# あとがき

　今から二十年前のことです。「特殊学級」と呼ばれる発達障害の子供たちとの出会いがありました。

　最初の頃、私の意志や気持は子供たちに全くと言ってよいほど伝わらず、私の胸の中に、黒いドロドロとしたストレスが蓄積していくことを、どうすることもできませんでした。多分、子供たちも同じ思いであったでしょう。子供たちの心も、教師である私に理解されることはなかったでしょう。

　子供たちが求めているのは、「勉強」ではなくて「愛」であると気づいた時、私と子供たちを隔てていた壁は半分崩れ去りました。でも、すべての壁を崩すのには、長い時間と相互の努力が必要だったように思います。

　今、私は親達、教師達に訴えたいです。

「子どもをかわいがってください」

「トゲトゲしい言葉の陰にある淋しい心を汲みとってあげてください。」と……

青空にコスモスの花がゆれています。光を受けた花びらはピンクに輝き、その上にころがる水玉がまぶしいくらいです。透明な空は宇宙のかなたに広がり、すべてを吸いこんでいきます。花びらが風に揺れました。対になった赤トンボがやってきました。羽を休めるともなく、太陽の方を向いて、グライダーのように飛んでいきました。

篠山　孝子（しのやま・たかこ）
1933年生れ。茨城県出身。立正大学文学部国文科卒業。
1977年11月　文部省教員海外派遣団に加わりアメリカ合衆国を視察。
1985年 9 月　茨城県婦人のつばさ（第 4 回）海外派遣団（事務局として）カナダ・アメリカを視察。
1994年 3 月　茨城県水海道市（現・常総市）立五箇小学校校長として退職。
茨城県下妻市在住。

著書：詩歌集「あけぼの」（椎の木書房）
「詩のすきな中学生」（NHK 中学生の広場放映）
「短歌のすきな中学生」「童話のすきな中学生」（虫ブックス中学生シリーズ・茨城県推薦《せん》図書）
「アメリカ・歌日記」「花の歌・随想」「鳥の歌・随想」
「小さい心の窓」「女性の四季」（以上、教育出版センター）
絵本「お日さまのようなお母さん」共著（日常出版・全国学校図書館協議会選定図書）
「お母さん窓あけて――いのち輝くとき――」（銀の鈴社）

◇

阿見　みどり（あみ・みどり）（本名：柴崎俊子）
1937年長野県飯田生れ。学齢期は東京自由ヶ丘から疎開し、有明海の海辺の村や、茨城県霞ヶ浦湖畔の阿見町で過ごす。都立白鴎高校を経て東京女子大学国語科卒業。卒業論文は「万葉集の植物考」。日本画家故・長谷川朝風（院展特待）に師事する。神奈川県鎌倉市在住。
画集：「阿見みどり 万葉野の花水彩画集」Ⅰ～Ⅵ以下続刊（銀の鈴社）
童話（文）：「コアラのぼうやジョニー」「こねこのタケシ」（共に銀の鈴社）「なんきょくの犬ぞり」（メイト）

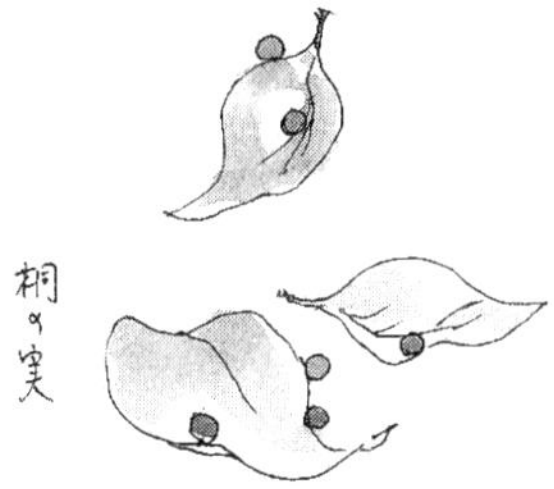


NDC113
篠山孝子
東京　銀の鈴社　2008
P148　18.8cm　愛の毛布

銀鈴叢書

定価＝一二〇〇円＋税

# 愛の毛布
## ―いのち灯すとき―

二〇〇八年七月一〇日　初版発行

著　者――篠山　孝子©　　絵――阿見みどり©

発　行――㈱銀の鈴社
〒一〇四-〇〇六一　東京都中央区銀座1-21-7-4F
電話　03(5524)5606
FAX03(5524)5607
E-mail　info@ginsuzu.com
http://www.ginsuzu.com
発行者――柴崎　聡・西野真由美
ISBN 978-4-87786-372-2　C0095
（落丁・乱丁本はおとりかえいたします。）
印刷・電算印刷　製本・渋谷文泉閣